我不喜歡我的黃色尾巴

潘柏霖

I don't
like
my
yellow
tail

00

現在要告訴你的東西，希望你認真記得，雖然你一定會忘掉。

首先，你要知道——我正在進行一場手術，手術過程有無數臺機器在我背後，不斷運轉，根據我對我記憶的感受，調整那些灌滿記憶酵素的針劑注入量。這麼做的用途，是為了抵銷我從十六歲到二十二歲間，大量使用幽佛栗芽血蛭的效果。在這期間，我有兩次幾乎斃命，嚴重損害我個人的記憶，以及我對記憶的感覺。

多希望能告訴你，記憶不過就是事件的堆疊——但不是的，記憶重要的是，那些事件，在你身上殘留的結果。你對記憶的感覺，才是讓記憶如此珍貴，如此做為一個「你」的重點。失去了對那些記憶的感受，我已經愈來愈不確定，究竟我自己是誰了。

我想要找回我自己是誰。

說是這樣說，聽起來很好聽，但有個很主要的原因，是我決定試圖恢復我感受的原因——在前陣子，有些事情發生了，我懷疑我的感受，究竟是因為我真的那樣感覺，或者只是因為我停止使用幽佛栗芽血蛭幾天了，讓我產生戒斷的幻覺。

或許你能幫我決定，那是不是我的幻覺。

我要告訴你了，你就聽好，我會把所有會發生的事情都在這裡告訴你。你需要替我確認我的那些感覺——如果我沒有推測錯誤的話，在治療的過程中，會有幾個最重要的角色反覆出現。

主要人物：我、尼達亞、阿魯。

配角：班比。

小配角：海怪和其他動物。

地點：長尾蜜後山、忘得窩動物園、忘得窩大學、忘得窩大學宿舍。

首先我必須告訴你，由於十六歲到二十二歲之間，我長期使用幽佛栗芽血蛭，導致我的記憶片段破碎，所以你接下來會看到的，不僅僅只是我使用幽佛栗芽血蛭而成為一個多麼糟糕的人，除了我行為上的破碎，你也會看到故事上的破碎。你會一直有一種，「啊？為什麼下一回不是解釋上一回的結尾」的困惑。對，你的困惑很合理——但請你，稍微相信我，相信你一直讀下去，大多數的疑問，你都應該會得到解答的。

好了，看到這裡，我想給你一個機會——你現在可以選擇，不被我這個正在手術臺上等待針劑打進來，根本上就是個成癮患者的傢伙所影響。我接下來就是要爆雷了，我要告訴你，你可以跳過，不要被我接下來說的任何東西影響。你可以決定，你自己要怎樣感覺接下來的內容。如果你不想要被我影響，或者你擔心被我欺騙，畢竟或許我跟你不熟，但你已經覺得我是個騙子了。沒關係，你可以從這裡，直接往後翻，翻到01回。我發誓不會在那裡才跟你爆雷。

不要繼續看，如果你不想被爆雷。

但如果你想，我現在要跟你講了——

我的故事，你可能會以為主要和我在成年後，決定切掉我那條黃色尾巴有關，主要都應該是在講述關於尾巴的問題——但很抱歉，如果你是如此預期，你可能會很失望。我的尾巴，和這個故事，關係大概就像是你跟你的青春痘。當然你的生活會發生這些爛事，它也確實造成你生命的痛苦，但它不會是主角。

在我的故事一開始，你會看到一場成年禮的行前祭典，在這裡我們會殺掉一條蛇。再來你會看見我跟尼達亞的第一次見面，你可能會以為這是一本戀愛故事。接著你會看到阿魯逼我殺死一隻鳥而我們還會遇到人面蜘蛛，在這裡你會誤以為阿魯是這個故事的反派，相信我。再下來你會看到我父親的葬禮但這葬禮讓我有了人生第一次的初戀，也算是很美好，對吧？我們就這樣繼續談戀愛，直到我準備切除尾巴。因為要切除尾巴，而開始更努力觀察一般人的日常生活，在這裡你會發現，很顯然我對於未來的想像，和實際的狀況是有落差的。你會看到阿魯和我分手，而我做了一些很恐怖的事情，你會很驚訝，但拜託你，請你不要在這裡就討厭我。拜託你繼續陪我。

接下來你會看到我為了使用幽佛栗芽血蛭，而對大學教授做的爛事，相信我，你會發現我才是這個故事的反派角色。我是爛人，但緊接著我們就會看到尼達亞的小樹屋，而因為是和尼達亞一起，所以你會忽略我對阿魯的跟蹤騷擾行徑，你看到那裡，你會感覺到浪漫的，但你想起我之前做的那些爛事了嗎？想深一點。你不該覺得我浪漫的。再來我們會很愉快，因為我們喝草藥酒嗨了，至少看起來很愉快，畢竟我感覺不到任何東西，我只能希望你能感覺——之後我尾巴的能力失控，讓我隱形起來，你也知道的，就像小孩總是躲在房間內，大人吵架他們都以為小孩不會聽到，在這回我也躲了起來，而我聽到了阿魯真實的想法，你可能以為我們就要復合了，但很可惜的，接下來則是我和另外一個大學教授的約砲導致我一個人最後在浴室嘔吐。等到你看到那裡的時候，我想你的反感會比我現在還要嚴重。

接著呢，你就會看到，阿魯、尼達亞、班比四人，是如何為了讓我能夠參加尼達亞的成年禮，以身犯險——因此你就會看到我最害怕被發現的記憶，我二十歲時，和已經分手一年多的阿魯，見面的對話紀錄。你看到那裡，喔天啊，你絕對會恨我的。

拜託，不要用那個，來決定我這個人是怎樣的人好嗎？

到了最後，成年禮的過程，你會看見一些我的改變，而那些改變因為發生得那麼緩慢，等到真正做出各種因為內部心態改變之後而產生的不同行為時，你會有一種「哇，好像很合理，但為什麼我先前沒預想到」——因為已經過太久了，你已經忘記我在這裡就跟你說過，一切都會有改變的。然後就到了最後一回，你翻到那裡看完時，會想說「啊？怎麼這樣就結束了」，相信我，你到時候，深呼吸幾下，想一想。

不要忘記，告訴我究竟，那到底是不是我的幻覺。

那，記憶要來了。

請你接好。

01

為什麼會有人想記得任何事情？

我記得我在我媽媽肚子裡的時候，我父親常常撫摸她的肚皮。說實在的，他是想要撫摸我——他會對我說，我是被愛的，他好愛我。你的媽媽曾經對你說過這些話嗎？你記得你媽媽第一句對你說的話嗎？

我也記得在那天，我被迫離開我溫暖的洞穴，預防你聽不懂，那是我母親的子宮——刀切開皮膚的聲音你聽過嗎？想像你手臂的皮肉下住了一個迷你人，你拿美工刀劃開皮肉，你覺得他會聽到什麼？金屬的聲音撐開皮肉，有人摸到了我的頭，當然那時候我不知道那是我的頭。醫生把我抓了出來——我多希望把那個傢伙殺死，真謝謝他毀掉我原本甜美的生活。

我記得我父親崩潰痛哭倒在地上的時刻，我記得我媽媽安慰他我們都在——在死前會有人抱著父親，摸著父親的頭，告訴他說，他是被愛的，我們都好愛他嗎？我常常在想為什麼是我父親——他是比我還要更好的人。天啊，他比任何人都還要好，為什麼是他？有人告訴他一切都會沒事的嗎？但他離開的那天我不在場。如果我在場，我會對他說，我好——但是我不在場。

為什麼我不在場？

我多希望我能忘掉我不在場。

這能解釋為什麼我現在變成這樣嗎？

我初生時的那條尾巴，是怎麼從我的腹部，隨著我離開媽媽身體，薄膜全都破壞後，迅速地自己動了起來，甚至比我哭泣的聲音還要快。那條尾巴是我們族內多年來都沒有再出現過的尾巴，鱗片邊緣泛著黃黃的色澤，我甚至還能記得那些醫生和我的父親說著什麼，我的尾巴最終將長成如同長尾蜜蛇腹部那樣深黃色，這是祖靈的祝福，我是神的孩子，什麼鬼東西的。

如果我真的是什麼神的孩子，那我怎麼會最後淪落到那副德行？

我是怎麼被迫——好吧，不是被迫，我「自願」接受記憶酵素治療，恢復被我毀掉的所有記憶。我是怎麼抵達這裡的？也不是說我沒有被愛，或者被父親性侵，或者被母親性侵，或者沒有獲得足夠的生活資源，更何況我太聰明了沒辦法當個智障——抱歉，我知道我不該說這種詞，忘得窩畢竟都禁止了這個詞彙。

但你現在在我的大腦裡面，你總沒有辦法跟忘得窩檢舉我吧？

記憶蟲——我多想說一切都是因為牠。

記憶蟲，全名叫做幽佛栗芽血蛭，我說的不是忘得窩製造的復生動物，那些泡進水裡就發出銀藍色光芒的條狀物才不是我可愛的記憶蟲。我說的記憶蟲，是幾年前被發現，少數至今仍然倖存的原生生物。

現在野外生態幾乎都是由忘得窩復育而成，已經沒有什麼原生動物了，有許多都直接被忘得窩列為對人類有害而被管制，若是在野外發現非忘得窩復育的動植物，都必須通報忘得窩官方處理——我可愛的記憶蟲，你看牠多可愛啊，黃色小小條的，扭來扭去，這時候牠還沒有吃夠我的記憶。

對你這門外漢解釋夠多了——你看，我現在靠在床沿，黃色的水蛭在我手臂上吸食。牠吸食時，會先咬住我的皮膚，接著吐出一串網狀的淺黃色黏液，那團黏液會緊緊吸附在我的皮膚，直到與我的皮膚融為一體，通常那時候也是記憶蟲吃飽了的時候。

我雙眼微張，躺在床上。記憶蟲不進食一個月後，體型大約只有成人食指一半的大小，但吸食記憶之後可以膨脹許多，端看宿主的記憶究竟有多龐雜——我手臂上的那隻記憶蟲，現在已經肥大到到三根手指頭的寬度了，儘管我都爽成這樣了，我還是能感覺到牠的重量。

我多希望牠把我的記憶全都吃光。

牠曾經真的把我的記憶幾乎都要吃光了。

當記憶蟲開始吃你的記憶，會有那麼幾秒鐘的時間，一切都感覺慢了下來，你的感官愈來愈受限，不再聽得那麼清楚，說話也不確定自己說了什麼，手指的觸摸也已經不太能夠分辨物體。重頭戲是，那會暫停你腦內所有的想法，讓你不再感受到自己的任何痛苦，你只會感覺輕飄飄的，什麼東西都不在你身上，彷彿自己飄了起來。

你看到了吧，那時候的我雙眼微開，微喘著氣，幾乎像是不在場一樣——你真的要在那裡，才會知道那幾秒鐘什麼都沒有的感覺，到底有多爽。

究竟為什麼會有人想記得任何事情？

我在哪裡？這是個好問題。我也不知道。

那張大床，上面有三顆枕頭——我穿著我幾乎沒有穿過的黑色無袖背心，和部落製作的禦寒褲，左手腕上還掛了一條原本是尼達亞的手環。那手環也是證明，證明我完全搞不清楚我究竟在幹麼——手環是由阿皮司西邏納蜂針磨造串成，給從小離開部落的人戴上是違反習俗的，但尼達亞就是塞到了我的手上。

床沿的我雙腿打開，雙手放在胯下，不斷深呼吸——我當時一定超爽，就連現在這樣回顧自己的記憶，我都能感覺到一種爽感，就像是，怎麼講，有人伸出手，抓你腦袋皺摺處的搔癢。就像是回到你媽媽子宮裡那樣——記得嗎？我記性很好，這是只有我才能夠說的比喻。

記憶蟲會弄濁你的記憶——用比較好懂的方式解釋給你，記憶會像是被套上濾鏡，有些東西會變形，不再那麼清晰，有些東西會變得超級好看。當然會有些比較恐怖的副作用，但那不重要。

用句治療師先前稱讚過我的說法，他說，我在搞砸自己的記憶，他從沒有看過這麼主動想毀掉自己記憶的人——好吧，他當然是在罵我，在我搞砸了他的記憶實驗之後。不過那不能怪我，我和他接觸，只是為了偷走他實驗室裡的那些記憶蟲而已。是他活該要讓我進入他的生活。

也許到這裡你會想問——究竟誰會這麼積極想要毀掉自己的記憶？

我倒是想問你——難道你以為記憶只有美好泡泡嗎？你的人生要多幸福才會有這種疑問？

靠著床沿的我抬起頭看向門外，敲門的聲音傳來——打開門來的人是穿著族服的尼達亞。

我連忙把我的長袖子拉下來遮住記憶蟲——尼達亞上身赤裸，下身穿了由自己養母用深水尖嘴鳥編織羽毛串成的短裙。深水尖嘴鳥長期棲息水下，羽毛基本上是防水的。他的腳踝處掛上養父家傳的骨頭腳鍊，頭上戴了一個泥作的土黃色王冠。跟在他身後的是阿魯，阿魯搭著他的肩膀，對我揮了揮手，而我爬起身，晃了晃頭，伸出左手撥弄了一下自己亂糟糟的捲髮，對他們揮手微笑。

尼達亞走向前就想要抱我，我連忙往後移動，壓著自己的長袖。他繞過來又想抱住我，顯然是以為我是在和他打鬧，而不是極盡全力避免被他們發現我手臂上有一條他媽的超大條的幽佛栗芽血蛭搖搖欲墜。

我瞎掰了個理由，說我還沒洗臉——我知道這是個很爛的理由，但你試著在一整群過分聰明的人面前瞬間想出一個夠好的理由離開現場，你想到了再來斥責我。對這種你有祕密不想當下就被揭穿的情況，永遠是先離開解決完再回到案發現場試圖找一個比較沒有那麼危害自己的原因，來當那個你之所以表現怪異的藉口。

不要那樣看我，每個人都這樣做，焦慮的人用焦慮新的事情來轉移自己對原本問題的焦慮，不想解決問題的人用更複雜的問題來花時間解決而迴避掉真正迫切需要被解決的問題——每個人都在這樣做，不是只有成癮的人才這樣做。真要說，我們只是，做得比較好而已。

我跑到浴室鎖上門，用力扯下記憶蟲。記憶蟲的吸盤緊黏著我的皮膚，那些黏稠網狀殘留物都被我扯掉了。記憶蟲原本正在緩慢癱瘓我的記憶，現在因為試圖掙脫我拔取牠，而用力吸咬——喔幹，就連只是現在這樣想起來，都能夠感覺到那種爽感——記憶蟲掉到了我的左手掌心，我拿了一旁的玻璃容器，倒掉不知道是誰的假牙，往玻璃罐子內裝水，把肥滿通透的記憶蟲給扔了進去。

我打開浴室門，踮腳走了出來，趁著他們一行人都還在我房間鬼吼鬼叫的時候，把玻璃罐子塞到廚房冰箱的最底層，還弄破了好幾顆長腳鳥蛋——看著那幾顆破掉的蛋，還有正在玻璃罐子內扭動的記憶蟲，回頭過去，房間內都是他們正在吵鬧歡呼的快樂聲響。

我咬緊牙根，深呼了一大口氣，伸手把那罐子裡的記憶蟲又給掏了出來。

我抬頭挺胸走進房間的姿勢也未免太蠢了吧。

阿魯剛好打開門，門板直接砸到我臉上，我痛得倒在地上好幾秒鐘不能呼吸。

難道這是報應嗎？

好不容易從地板上爬起來，阿魯就皺著眉頭看我，像是他在懷疑我什麼一樣。他可以不要這麼憤世嫉俗，總是質疑無辜的人嗎？不是他才是剛剛那個打開門撞倒我的人嗎？

我搗著頭，額頭還有被門片打到的紅痕，手移開的時候露出了左眼下的小水母刺青。那是我為了尼達亞成年禮去刺的——尼達亞的右眼下也有一隻。事實上這水母刺青和阿魯很有關係，但反正這不是重點。

天啊，那該死的成年禮。

我幫尼達亞調整了他的羽毛裙，確保他每一根羽毛都沒有脫落，他那條比我原本的還要更長，尾端的尖刺形狀也更尖銳的尾巴，不斷晃過來到我屁股輕拍，顯然是在找那個已經不在那裡的東西。我抱了尼達亞，他也抱了我，摸摸我的頭，一副他年紀比我大一樣。明明他才是那個剛要成年禮的小夥子，雖然那時候我也才大了他四歲——我轉過頭，就看見阿魯盯著我瞧，一臉就是懷疑我究竟在謀算什麼。

是從什麼時候，阿魯的視線變得讓我這麼煩躁？

好好笑，不要用那種狐疑的眼神看我——我當然知道阿魯為什麼這樣盯著我瞧，但又不是像陪同尼達亞參加成年禮的同時，我能奇蹟似地找到可以偷偷用記憶蟲的時間。他真的是想太多啦。我撥開尼達亞持續騷擾我的尾巴，迴避阿魯的視線。

我再怎麼糟糕，也不可能在尼達亞的成年禮嗨吧？

精確地說，這不是尼達亞的成年禮，這是他的成年禮行前祭典。

我們所在地是長尾蜜族後山，是個保育區，非經忘得窩許可，一般人不得進入，這裡也是少數還存有大災難前原生動植物，而且仍然生長茁壯的地方。尼達亞他們常常都喜歡說，這是祖靈眷顧我們——我從來沒覺得被眷顧過。

成年禮的行前祭典，尼達亞必須和幾個他認定可以協助他的人，一同與一個祖靈的化身對話，且必須切下這化身的頭，才算正式揭開成年禮的序幕。如果祖靈沒有出現，那麼就代表這個少年少女是不受認可的，那麼就不能開始成年禮之旅——但這情況幾乎沒有發生過。

對，我知道，這聽起來很荒唐。但長尾蜜族的成年禮，行前祭典就是會有這樣的任務。這也是當初為什麼我沒參加的原因，這種生物被人類不必要虐殺的活動實在太有違人道精神……好吧，我不參加的原因不是這個，我根本不在乎那些怪物，這不是重點。

成年禮前的祭典，部落會這麼安排，當然有歷史淵源——其中一個說法是，通過祖靈的第一道考驗，確保你有能力捍衛自己，部落才會放你踏向尋找自我的成年之旅。可我真的搞不懂，如果你一開始參加典禮就死了呢？有幫我們保險嗎？要是有人因為這種祭典而斷了腿，一輩子無法正常生活呢？到底這些活動細節是要做什麼？

我問過許多老一輩的族民，每個參加過成年禮的族民，都對成年禮的儀式有不同的說法，各個都很私人，而且他們總是遺漏大多數的細節。

根據我的口訪記錄，大多數族人都用很簡單的句子陳述，例如「去山上砍樹」、「海裡與鯨魚游泳」等等。什麼樹，怎麼砍，哪裡的海，什麼鯨魚？這過程究竟發生什麼事情？沒有人提供我可以被驗證的經驗，唯一一個全部族人共同的說法，就是在成年禮結束後，無論死活，族人都會列成兩排，準備花海，以及透過巫師的手，替參與成年禮的族民，戴上一個泥作的王冠。

這聽起來有夠胡來的，為什麼這麼多年都沒有人抗議？

阿魯？當然不用說了，他支持一切部落傳統，要是我們仍然保有族人活體獻祭的儀式，他肯定二話不說拿刀砍下祭品的頭來交給祖靈。尼達亞也是對部落文化毫不反對，他總是接受——他接受每一件事情，這或許是他的問題。你見過那種剛剛拿著刀殺掉妻子，還提著妻子的頭，逃避侵入後山的忘得窩警察們追趕的老公，站在你面前，一副下一刀就要把你剖成兩半的模樣嗎？十四歲的尼達亞，他摸了摸對方的頭，告訴他辛苦了，問他痛苦有得到解脫了嗎？結果那個殺人犯放下妻子的頭顱，跪在地上，抱著尼達亞的腰大哭了起來。

我想沒有人懂尼達亞是怎麼回事——但做為長尾蜜族這麼多年來少數誕生仍然擁有尾巴的小孩，理所當然全部落都認為他是祖靈的恩賜。

大概也沒有人搞懂我是怎麼回事——一個生下來擁有最難得罕見的黃色尾巴，那被稱為最接近祖靈的尾巴。明明這麼多年來除了尼達亞這個人工繁殖的結果以及我之外，沒有其他族人後代初生時有長出尾巴，為什麼我要去忘得窩做移除尾巴手術？又為什麼我要留著那第一截尾巴，回到長尾蜜後山，回到長尾蜜族部落？

相信我，如果我有得選，我根本不會回來。要不是我媽媽在把我第二次差點因為使用記憶蟲用到掛掉後，堅持把我送回長尾蜜後山，否則她就要永遠放棄我，不和我有任何聯絡，把父親的遺物全部連夜帶走——如果不是這樣，我才不會想回到長尾蜜後山。

這裡還有阿魯——我可不想繼續和他爭辯什麼尾巴的問題，儘管他比我離開時的印象還要更……多元了些？但我盡可能不要對任何族人釋出太多善意的詮釋，尤其是對待阿魯。

被尼達亞邀請來陪同他參加成年禮的人總共有四個，是四個吧？我有點擔心這記憶是有問題的，畢竟長期使用記憶蟲之後我的記憶……那不是重點。尼達亞穿著原先的族服，赤裸上身，戴了個泥作王冠，深水尖嘴鳥羽毛編織成的裙子，腰帶側邊有個刀套，裡頭放了長尾蜜蛇尖牙製成的彎刀。阿魯和我的服裝一樣，無袖黑色絲織背心和由羽毛做為內襯縫製而成的禦寒褲，禦寒褲外皮是以海豹皮製成，可以大致上防水。班比穿了和我們相同材質的服裝，不過由黑色替換成深藍色。我們使用的刀具都不相同，但刀套皆縫製於腰帶側邊，方便我們必要時拿取。

穿著族服的尼達亞，拉著我、阿魯和班比的手，我們圍成一圈，站在沙灘上，海水不斷打過來。尼達亞抽回他的雙手，要我跟阿魯一起，和他比出手勢——我跟阿魯對看了一眼，嘆了氣。我先是跟尼達亞同時比出手勢，伸出右手食指，摸了自己鼻頭，將拇指貼在掌心前，其他手指伸直併攏輕輕碰了下巴，再用右手摸了自己鼻頭。接著食指指向對方，摸了自己鼻頭，拇指貼於掌心前，其他手指伸直併攏輕碰了下巴。再用食指摸了摸自己的鼻頭。同樣的動作，我再和阿魯比了一次，而最後阿魯和尼達亞也比了同樣的手勢。

當下我是沒有這種念頭，但現在這樣回顧，我真的是覺得，我們也太欠揍了吧，班比站在旁邊白眼都應該翻到後腦杓了。

沒有多久，海浪就變得更波濤了。

海面中央出現水旋，繞著繞著往下，吸走了大多數周圍的海水——而從那漩渦中心游出了一條巨大的蛇。一看到蛇，原本阿魯已經從腰側抽出刀來，班比面無表情就站在那邊——尼達亞握住阿魯的手，要他把刀收回去，一個人往巨蛇的方向走近。

我摸了摸我腰側的刀套，巨蛇的頭形近三角，和刀柄上的圖騰相似，我其實是不應該握有這把刀的。這刀是部落最好的兩把刀之一，從同一條長尾蜜蛇的尖牙拔下磨製而成，輕輕一揮就能切斷一個人的手指。按照部落的習俗，我是不能擁有這把刀的，阿魯是第一個反對的，當然，畢竟那原本就是他的刀——但尼達亞異常堅持我要拿這一把。

靠近巨蛇的尼達亞，沒有被巨蛇張大的雙口震懾，一步一步緩緩走到了巨蛇面前，水深及腰。巨蛇抬起頭，居高臨下看著尼達亞，牠幾乎是他的三倍大。巨蛇低下頭，尼達亞的手撫摸上去，我非常確定他們在溝通，尼達亞的尾巴懸在他後頸，繞上了他的脖子——這完全違背了原本成年禮的行前習俗，照慣例，尼達亞這時候應該要把巨蛇的頭給切下來了才是。

我緩步走向前，靠近尼達亞，右手摸著配刀，以防萬一。

我向尼達亞比了手勢，詢問他為什麼還不動作——他沒有理我。

巨蛇原先閉上了雙眼，但注意到我的動作後，忽然張開牠那深黃色的倒豎瞳孔，緊盯著我瞧——我緩慢地靠近牠，小心翼翼地摸了巨蛇的頭。巨蛇先是發出嘶嘶聲，吐出舌頭，似乎在聞嗅我身上的氣味。我愣看著眼前的巨蛇，牠的鱗片沒有忘得窩文獻紀錄裡寫的那樣冰涼。

我不知道怎麼回事笑了起來——我看向尼達亞。尼達亞沒有笑，他看起來一副世界毀滅了的模樣。

下一秒，他就從自己的刀套抽出了彎刀，劃斷了巨蛇的頭，巨蛇的血就這樣在我面前噴了出來。

我的臉滿是鮮血——巨蛇的血不是冷的，甚至比海水還燙。

巨蛇的頭掉進海裡，尼達亞的尾巴迅速插入海中，將蛇頭捧出水面。他用手指挖出蛇的兩顆眼珠，一顆給了我，一顆自己握在左手。就在我以為已經結束之際，他接著用刀剖開巨蛇雙眼之間，大約頭部下方三指的位置。在他切開表皮後，裡頭露出了第三顆眼珠。他將那顆眼珠也挖了出來。

尼達亞伸出右手，五指併攏，碰了自己的脣——我瞪著他，我沒有印象從任何文獻紀錄中有看過要把這個東西吃下去的敘述。

忽然，尼達亞伸出他滿是蛇血的左手，往阿魯的方向扔出了另一顆眼珠，阿魯接到後，皺起眉頭。

尼達亞的右手食指摸了自己的鼻子，左手在胸前摸了幾下後，右手食指向外畫了一圈，左手掌接著在自己右手背上，向我的方向滑了下，接著右手食指指了自己的嘴脣，再在胸前左右晃了幾下——他停頓下來，看著我，深呼吸了一口氣，接著伸出右手掌心向我，再轉向自己後，右手食指伸直，左手食指貼近右手食指碰了一下，再用左手食指摸了自己的鼻尖。

我抬起頭看著他，那些血還沾在他的額際，頭髮甚至也沾了一點破碎的皮肉。海風漸緩，巨蛇的血擴散在海中，讓海看起來變得像是洞穴，我們像是正在被洞穴吞噬一樣。

尼達亞盯著我看，那眼神銳利——我吞了吞口水，點了一下頭。

我低下頭，瞪著自己手腕上，尼達亞給我的手環。抬起頭，阿魯走到了我們旁邊，我站在他和尼達亞之間。我們三人彼此相視，他同一時間，把那顆眼珠舉起來，放到嘴裡，吞了下去。

02

這次的記憶——天啊，為什麼還是尼達亞？

你要我承認嗎？好吧。尼達亞就是個被神親吻過的孩子。

部落每一個人都這樣說——你看看他，你會懷疑這個說法嗎？

尼達亞的皮膚黝黑，不像我那般死白，他有著大多數長尾蜜族記載裡面，勇士——或者說，王子們，應該有的長相和身材。他的雙眼又大又有神，嘴脣微薄，臉的輪廓稜角明顯，總是將頭髮剃成平頭，用長尾蜜族後山才有的一種汁液是粉紅色的草，染成粉紅色。他是那種你看過一次就不會忘記的人。

重點是他知道，他真的知道自己很好看。

阿魯有時候搞不懂這種事情。別誤會，阿魯也很好看，阿魯搞不懂的是，他總覺得自己很醜——漂亮的阿魯有一次……到底是哪個場合，我有點忘了，好像是我們在成年禮的其中一項任務遇到一點障礙，他崩潰對我大喊什麼，嗯——這我不知道為什麼我記得那麼清楚。他說，「我想要漂亮。我當然知道漂亮是社會建構的概念，我知道漂亮重要是因為父權結構下好看的東西被當成珍貴的貨幣，我知道我就是在物化我自己。我當然知道有更重要的事情需要焦慮，全球暖化、沙文主義、異性戀霸權和性別性向與性相關的歧視，種族滅絕，抖音入侵，珍珠奶茶口味的比薩和他媽的到底為什麼我的存款這麼少。但每當我看到鏡子裡面的自己，我唯一想到的就是，幹，為什麼我不夠好看」。

不對，那段話是我說的，是我二十歲後回到部落，有次和阿魯爭執究竟我為什麼總是一副不快樂的樣子，我可能喝了太多酒，不小心說了太多。

重點應該在阿魯身上——為什麼會有人明明已經很好看了，但還是這麼痛苦？是因為他長得比我矮嗎？

在成年禮開始前的行前祭典結束，阿魯質問我為什麼要一起吞下那顆眼珠：成年禮這麼危險，這不是你的成年禮，你在危險裡面太久了，你不知道什麼是危險，你不懂保護自己，差點破壞了習俗，成年禮還可能跟著遭殃，產生很大的禍害，難道你偏要讓事情變得危險才能感覺自己活著嗎？

阿魯說這些話的時候，尼達亞都在旁邊。他難道不會覺得自己太過分了嗎？尼達亞可能會難過的。況且我還以為，在那個時候，我們應該更瞭解彼此了，但他又是一副耳提面命巴不得我快點滾蛋的樣子。難道這就是別人說的傲嬌嗎？

但尼達亞當然不會因為阿魯說的話而難過，尼達亞在乎我、阿魯和跟我們有關的人，這個意思是，當我們發生危險，他會極力保全；當我們的其他重要牽絆遭遇危險，為了我們，他會極力保全。但此外，他不在乎任何其他人的意見。況且我也不需要尼達亞來幫我說話，阿魯至少開始和我說話了，不管怎樣，都已經和我二十歲剛回來部落時截然不同。

尼達亞如果在意別人的話，他就不應該在成年禮行前祭典前，帶著那種眼神對我說：我知道別人會說什麼，但你要陪在我身邊——他當然知道我會照做，我會做任何他要我一起去做的事，甚至不需要記憶蟲嗨上來就可以。可別忘了記憶蟲那時候還在我背上，我整個人都是嗨的。

嘿，不要用那種斥責的眼神看我，我從來就沒有告訴過你，我那時候打算保持清醒吧。

該把話題拉回我身上了——我這麼辛苦被一針又一針，把那些藥劑灌進來，重新恢復我長年來被記憶蟲擾亂的記憶。我付出了這麼多，總是該把鏡頭放在我身上吧？

我十六歲離開了部落，父親的死給了我逃出那垃圾地方的藉口。當時，變得比我初生時更黃了些的尾巴，還緊緊扣住長尾蜜樹，不讓我離開。離開部落時我偷偷帶了幾條記憶蟲，裝在灌滿泉水的玻璃罐裡。在部落中，一般來說只有巫者能有限制地使用記憶蟲。而這三隻記憶蟲，就我的印象，只使用過一次。

那次是阿美還是阿梅？抱歉，記憶蟲用太多的副作用，就當是阿梅好了。阿梅的丈夫去狩獵，追趕一頭多眼鹿時跨越了長尾蜜族後山的山界，因為已經到了一般環境，忘得窩管制所有人民不得使用槍枝，在他射殺多眼鹿時，也被忘得窩警察給槍擊了。

阿梅太痛苦了，身體病痛不止，她左手長滿了黑色會動的色塊，部落長老看到趕緊叫喚巫女前來，巫女見了色塊就驚呼出聲。我後來才知道，那是詛咒，愛一個人有時候會發生的詛咒。巫女當晚便從玻璃罐中取出記憶蟲，放到阿梅的手臂上——我那時候不懂，記憶蟲明明是吸食記憶的，為什麼從阿梅的表情看來，記憶蟲吃掉的更像是她的痛苦？

你有沒有想過——會不會記憶其實是個詛咒？

我二十歲的時候回到部落——原因不重要，總之我回來了。按照習俗我應該要辦成年禮，不過因為某些更不重要的原因，部落長老們開會開了兩夜，最後決定我不能參加自己的成年禮。

也不是說我有多想辦或什麼的——但原本是你的東西被拿走了，總會有點惆悵吧？

騙你的，我本來就知道他們不會讓我舉辦成年禮。

雖然因為長尾蜜族的成年禮進行方式神祕到不行，能夠參考的實證資料實在太少，在忘得窩圖書館翻閱的資料都只有說明長尾蜜族會舉辦成年禮，但對實際成年禮的內容一概不明。我小時候問過許多年長族人，也問過我父親，但每個人都只回給我一個神祕的笑容。我父親摸了摸我的頭，要我不要想太多。我對成年禮唯一知道的，只有最終好像會有什麼王冠之類的，而父親說王冠的中央，是用來放入成年禮參與者最重要的東西。

那個王冠我看過一次，那是在我十六歲離開長尾蜜族前，溜進巫師家中偷了三隻記憶蟲看見的。依循著父親的說法，我偷偷拔下自己那時候剛顯色的黃色尾巴尾端上的鱗片，鱗片形狀大小完全符合王冠中央的小凹洞，但無論我怎麼塞，怎麼黏，鱗片最終都會直接掉下來。

成年禮就是個笑話——如果我的尾巴真的那麼重要，為什麼放不上王冠？

如果眼前的記憶是真實的話，等待長老們決議時，我正坐在長尾蜜族開會的高樹屋下，身後放著用望得獸皮製成的包包，那是我偷偷帶來的小收藏品，這東西忘得窩已經列為違禁品了。道路左側的小路旁有一座小小的湖，裡頭有些我剛剛放下去的綠色浮萍——那些在外界還少數自我繁殖的原生小浮萍，忘得窩不知道出於什麼原因沒有管制這些小草，我偷偷帶了一些回來放到湖裡，看著那些小小的浮萍在水面隨著小小的水流轉啊轉。

我回過頭看向那超高的高樹屋，對於裡頭那些長老們在討論的事情我一點兒也不感興趣，裡頭開始傳出砸玻璃瓶和木椅塑膠板的聲音，我也是完全不意外——遠方有個身影從高大的樹幹上愈跳愈近，我瞇起眼睛，以為那是雙尾猴或者什麼我不知道的生物。

近看了些才發現那是個——少年？

少年的身影應該與我相仿，但比我多了條東西。他身後長長的尾巴有力地抓住樹枝，讓他能夠在樹幹間跳躍，就像會飛翔一樣。

他跳到樹屋屋頂，沒有下去開門，而是直接挖開屋頂上端的幾塊木材，從上頭跳了下去。

是我離開部落後才長出尾巴的嗎？我們都多久沒有長有尾巴的後代了？

是新來的吧？剛回部落時，聽到滿多部落小孩在討論那個「像是太陽的新人」──一副在現在這個人工太陽環境下長大的他們知道什麼是真正的太陽一樣。

你知道這時候該怎麼做最好嗎？來條記憶蟲爽一下──大多數被記憶蟲吃過的記憶，全會像是沒有經驗過一樣。當然我說的是最淺層的，比較微不足道的。像是浪費自己的時間，等待一群從上百年前就活著的原生住民討論完自己是否該擁有參加自己成年禮的資格之類的。那群不知道社會結構已經轉變、拒絕接受魔法已經受到外來侵略者控管的事實、拒絕接受我們的政權已經被外來政權占領、拒絕打仗抵抗、只向祖靈祈禱──他們到底為什麼不全都就地燒毀？

別誤會，記憶蟲沒那麼恐怖，牠不會把你的記憶吃光，不是真的讓你完全想不起來任何事情。那不叫做爽，那叫做變成笨蛋。怎麼和你解釋呢──記憶蟲的效果，大概是讓你的經驗被淡化，讓你不再感覺得到原本你因為那些記憶所感覺到的東西。像是你吃了你吃過的長腳雞排，還是會有鹹味、長腳雞肉天生特殊軟嫩的口感、被離心機甩出油後的酥脆乾燥粉皮，這些你都還是能夠品嘗到。

只是會全部像是在看一個食記而已。

顯然是已經等長老們討論完畢等到不耐煩了，我向後躺下，背部靠著土壤，腳盡量不要碰到湖水──如果你好奇我為什麼一副全身疲乏沒力氣的模樣，這真的不是我的問題，是因為我太久沒有用記憶蟲了。疲乏的我，連爬起身往後轉的意願都缺乏，只是以右手單獨向後，從袋子裡瞎子摸象地翻抓——我抓到了一個玻璃罐，拿到面前看了看，沒幾秒鐘我就尖叫出聲，把那玻璃罐扔進湖中。

我媽媽在替我收拾行李的時候，肯定把我記憶蟲的庫存給丟了。

幹，那個婊子——我對著沒有任何生物跡象的湖面吼叫。

慎重說明，我對於這樣使用語言很抱歉，女人在這個社會是非常偉大的，至少這是忘得窩從小教育我們的重點。但那婊子竟然把我的記憶蟲都給丟掉？她真的是腦袋應該被挖出來餵給人面虎。

我媽媽把所有的記憶蟲都給沖走了——該死的，她知道我為了那些東西，付出多少代價嗎？

你應該注意到了，發現記憶蟲被扔掉的我，臉色更慘白了，不只嘴唇有些發白，全身也像是褪色似的。我站起身，雙手握拳，看著湖水，先是走到湖前，脫下我早就沾滿泥土的球鞋和長白襪，就要踏進湖水裡——又抽回了腳。我踉蹌向後離開湖面，又轉回頭想要再次走進。我大吼了聲——如果那婊子在這裡，我真的要把她幹掉。

她憑什麼把我的東西拿走丟掉她難道不知道我有多需要那些東西就算我被逼來這裡的原因就是她要我在這裡斷絕我對記憶蟲的成癮但她怎麼可以這樣她為什麼會

誤以為我想要清醒她難道以為清醒是我的決定嗎我現在在這裡要待這麼久我怎麼可能會有辦法忍受沒辦法用記憶蟲我需要牠啊沒有牠我還是我嗎只有牠能保護我我不想要恢復原樣我想維持我現在這個樣——

我抓著頭髮試圖讓自己冷靜下來，但不斷顫抖的手指顯然洩漏我已經無法控制自己了——我轉頭看向剛好被我扔到小湖中央樹幹上的玻璃瓶，它就卡在樹幹和石頭的角落。我看著它，深呼吸了幾次，試圖從早已被擾亂的腦袋回想起以前部落都把那些記憶蟲藏在哪裡——就在這時，我注意到玻璃罐中閃爍了幾下光點。

我仔細盯著玻璃罐瞧，發現裡頭還有一隻非常小隻，顯然是生出來不久的小記憶蟲，肯定是藏在底部——記憶蟲成體會是明顯的黃色，但剛誕生時幾乎都是透明的。

我馬上衝進小湖，小湖很淺，只到我腰部，我涉水至湖中央，把那個玻璃罐帶回岸上。小心翼翼地確認玻璃罐沒有任何破損，軟木塞的蓋子也沒有脫落——這才鬆了一口氣，卻意識到自己下半身已經被湖水浸溼的事實。

長尾蜜族有許多日常禁忌，其中一項是未成年者不得將腳放進湖水裡。長輩們都跟小孩說，湖水裡有鹿人，會把你們抓走做成衣服。在忘得窩的文獻紀錄中，忘得窩把這項禁忌附註了一行字，說明這是部落大人為了保護小孩不跌進水池淹死而製造的謠言。

鹿人擁有人形，但那只是人類的皮，牠們的真身是鹿形骷髏，會捕捉人類，剝皮後穿上。這些都是長尾蜜民族誌所記錄下來的。原先只是記錄，因為有過很長一段時間，即使偶爾發生觸犯禁忌的現象，鹿人也都沒有出現過——直到忘得窩關閉了魔法水龍頭，鹿人才又開始出現。

你不知道嗎？你到底是幾歲？

我轉過身，低頭看向玻璃罐，馬上將玻璃罐塞進我的皮革袋子中，也抽出一把用海怪骨頭製成的小刀——我停住動作，閉緊眼睛。甚至不用回頭，就能感覺到那奇怪的東西正在靠近我，撐開嘴巴。我聞到腥臭的氣味，還有好幾個小孩的聲音。我緊閉雙眼，試著不要理會已經跑出來的鹿人——根據傳說，只要不要對鹿人張開嘴所發出的那些牠吞食過的小孩聲音做出反應、不要被欺騙，牠們就不會傷害你。

我連動也不敢動，屏住呼吸，就在鹿人那一整長排的尖牙靠近我的左側脖子、我非常確定牠已經咬下去時，我張開雙眼，手持小刀就往旁邊正要用力咬住我的鹿人脖子上刺去。牠的大嘴鬆開了我，我跌坐在地上，往後退了好幾步。我剛返回長尾蜜後山，尾巴已經切除，原本有的能力似乎沒有完全消失，但我現在什麼都使不出來——我的皮革袋子被牠甩到腳邊，我怒吼了聲，舉著刀就往牠衝去。

這時——我看到那個和我身形相仿的少年從樹幹上跳下來，直接跳到了鹿人背上。鹿人才剛往後仰，大口張開，露出裡頭的骷髏面貌，男孩的尾巴就鑽進骷髏的喉嚨，這一動作發出了清脆、敲擊骨頭的聲響。男孩接著雙手握住鹿人的脖子扭下去，聲音清脆得像是扭開青菜一樣，直接把鹿人的頭給拔了起來。鹿人黑色的血液從斷頭處流出，噴滿了我的臉——我聽到鹿人骨頭撞擊土壤，發出碎裂的聲響。

我被那聲音嚇到，向後退了一步又一步，踩到青苔石，往後滑倒——那少年長長的尾巴鉤起我的衣領，把我的身體拉了回來。

憑什麼啊——我扯開他的尾巴，怒瞪著他。

我連忙撿起背回我的皮革袋子，瞪著眼前的少年。

還對他大吼一聲，但他依然沒什麼反應。

他把鹿人的頭輕輕地放到地板上，像是完全沒有被那些沾滿全身的黑色液體影響。我瞪大雙眼看著他，他額際上抹了些黑液，頭髮上沾了一點鹿人的人皮碎片。我吞了口口水，他朝我伸出手，我沒有做出任何反應。

他的右手食指指向我，右手手掌張開，左手拇指壓到右手手心，右手食指伸出搖了搖。

我盯著眼前這個傢伙，盯了許久，久到他頭髮上有塊人皮碎末掉了下來。

我悶哼了聲，跟他說了我的名字——想著先前父親逼我學習的長尾蜜族傳統手語，快速回想起裡頭的動作和意義。

那些被我列為根本沒有必要學習的傳統技藝之一，少數被我學了起來的東西。說實話，我記性實在太好，要我真的學習每一項技藝，大概至少完成族內百分之八十以上的挑戰都很輕鬆。我只是沒有興趣參與他們的這些奇怪的傳統活動而已。

小時候的我，滿腦子想的，都是快點離開長尾蜜後山，去忘得窩申請執行移除尾巴手術，從此變成一個正常人。

正常不代表比較好，但就是比較多的人是長那個樣子。我從小對自己的尾巴就感到厭煩，我摸他的時候會害怕，我看到他在我身後會恐懼，每次看著尾巴，我就不知道自己是誰。如果長尾蜜族的真正傳承者都是祖靈安排好的，都必須要是生來帶尾的，那為什麼我這麼不想要留下這條尾巴？祖靈在我身上犯了什麼錯嗎？

我是錯誤嗎？因為我不想要我的尾巴？

眼前有尾巴的男孩，指了指自己掛在胸前用細線編織而成的名字——他告訴我，他叫尼達亞。

尼達亞看著底下的淺水湖，隨手就將鹿人的頭骨移到我旁邊，彷彿我會有心情和這東西近距離接觸一樣——這東西剛剛可是差點殺掉我，是正常人都應該馬上遠離這個情境。

正常人都應該馬上遠離尼達亞。

精準地說——正常人都應該馬上遠離我。

但或許我就真的和阿魯說的一樣，不懂什麼是危險。

尼達亞一邊指了指湖面一邊搖搖頭，他看著我，伸出右手指了我後，握起拳頭，掌心向外，左右搖動。右手隨後掌心向上，擺到左手掌背。接著他右手指了湖面上的小片綠色浮萍。

我翻了白眼，雙手交疊胸前。我問他，為什麼我不能放。

他用右手食指指了我，再以右手掌在胸前向下摩擦了幾下，接著再次用食指指了我，左手握拳掌心向外，左右搖了兩下。他右手拉了左手手腕，手腕向前移動了一下。伸出右手，又指了一次湖面的綠色浮萍，再來，伸出右手五指張開指向前。

我瞪著他，看著他後頭那條尾巴，搞不清楚是他守規則，還是我才是守規則的人——我可不會在後山長老們開會地點下方不遠處殺掉一個許久沒有現身的神祕生物，還一副這只是早上喝杯水似地——我右手五指彎曲，掌心朝側，左手拇指和食指接觸，看上去是圈圈的形狀，置於我右手拇指旁，左手彈開，掌心向上——我問他，為什麼我不能這樣做。

尼達亞的右手食指在鼻翼摩擦，再把右手拇指伸直，左手握拳靠近右手拇指旁，左手再打開將五指伸直。

我右手擺出鞠躬的手勢，再把鞠躬手勢維繫在嘴唇前，鬆開手掌的同時說了「報」的音——尼達亞聽得到聲音，我非常確定，這樣溝通應該沒有問題。我問他，不然他要報警嗎？

他右手五指彎曲，掌心朝側，左手拇指和食指接觸，看上去是圈圈的形狀，置於我右手拇指旁，左手彈開，掌心向上。他彎曲了右手食指與拇指，以此手勢捏了喉嚨，其他手指緊閉。

尼達亞抬起頭看我，他的臉上完全沒有嘲諷、戲謔，或者任何你要說，我們常會看到的各種迴避情緒的表情出現——你知道的，當一般人尷尬的時候就會笑、害羞的時候眼神飄移，當不願意面對背後的各種複雜難以理解和代謝的情緒，就說個笑話自嘲，或者嘲笑跟自己有類似困境的人，彷彿這樣就能減緩自己的痛苦一樣——我說的這些，他都沒有。他就只是那樣看著我，沒有指責，也沒有抗議，就只是看著。

是真的像太陽啊。

如果你覺得這次的記憶為什麼好像套了什麼浪漫濾鏡，燈光還有著些微紫色粉紅色的沉醉氛圍，那是因為這是我第一次遇到尼達亞，沒有任何其他因素。

那時候我二十歲，他十六歲。不過我在想，當時我的大腦應該是這樣想的：我非常確定那時候戒斷記憶蟲的症狀才要開始，痛苦的症狀根本還沒浮現——我一定以為，尼達亞朝我伸出手的那整個畫面，不過都只是個幻覺。我體內被記憶蟲咬食後所感染的記憶，肯定還沒有把那些蟲的唾液給全部代謝出去。

不然不會出現那個奇怪畫面的——我也不會讓尼達亞的尾巴纏上我的脖子，再游移到我已經做完手術，那一塊小小的，被醫生因故留下第一截的尾巴前面。他的尾巴和我那已經不能說是尾巴的「尾巴」，就那樣輕輕敲拍，像是在偷偷說著什麼話，不想被我們聽見。

我不會摸了摸尼達亞的臉，問他說，你是不是真的。

我不會忽然就這樣抱住尼達亞。

該死——為什麼那時候的我沒有想到，靠太陽太近，會燒成灰的啊。

03

現在我們在哪裡呢？

眼前是一片森林，軟木林，樹皮每年皆會重新長回，族民固定將其剝下，製造日常用品。這幾年忘得窩想要大量高價收購這些樹皮，由於忘得窩復育的軟木林樹皮都會潮溼容易發霉，品質與原生軟木林相異太多。但長尾蜜族每一年的族內會議投票都否決了忘得窩的提案。

看到這片深灰色的軟木林，很顯然，我們在長尾蜜後山隔壁的那座山上——好吧原諒我的敘述混亂，腦袋不斷被重新灌注那鬼東西來活化自己的記憶，實在讓人上下前後左右都分不清楚了。長尾蜜後山，事實上是一個忘得窩特別設立的保護區，長尾蜜後山是大多數族民們居住的聚落處所和山林，而在後山周遭，還有許多其他的山林景物。

這一次爬山之旅，我沒記錯的話，是為了週末一年一度的豐年祭典。這個祭典是我們需要先爬上長尾蜜後山最高的山峰後，從那條吊橋走至鄰山。實際上忘得窩將這些區域都歸為長尾蜜族所有——鄰山比長尾蜜後山更高，較矮的山林地帶長滿了軟木林，這也是我之所以認出這裡的原因。也因此我痛恨地發現，光是繼續攀爬，就需要至少再兩個小時的腳程。這還是長尾蜜族的腳程，不是一般人類的。

另一座山勢陡峭，不過這不是為什麼需要吊橋的原因——是因為在那座山裡頭存在一些危險的生物，幾乎只有長尾蜜族的勇士、戰士才能通過阻礙。通常比較建議參加一年一度的豐年祭典的方式，都是從長尾蜜後山登頂後，再走過吊橋繼續向上攀登。

阿魯就是，認為我們當然應該要走最艱難的那條路。

所以我們——嚴格來說是我，因為尼達亞根本無所謂。我就這樣被迫要走最艱難的那條路，從鄰山山底一路爬上去。

因為阿魯認為自己是「勇士」。

我們穿著部落以深水尖嘴鳥的皮製成的長褲與無袖背心。我、阿魯和尼達亞三人，他們背著弓箭，而我則是什麼武器也沒有，阿魯不信任我擁有武器。尼達亞的兩側腰帶上配了兩把刀，一把彎的，一把直的，都是長尾蜜蛇尖牙製成的。

阿魯眉頭深鎖，站在我身前，幾乎一直擋住我的視線。

我看著阿魯的臀部——那也不是我的問題，畢竟爬山的高低落差，他自己又要擋在我前面的。

「真好看啊。」我對阿魯喊了聲。

阿魯沒有停下腳步，但回頭瞪了我一眼。

我才想把他推下山咧——到底為什麼要我爬這爛山？

你有買過那種沒什麼彈性的衣服嗎？很緊，沒什麼延展性，不過太密實了，根本就沒有辦法扯破，把自己塞進去就像是要把自己悶死在裡面那樣。阿魯就是那種衣服——他整個人都很緊。

到底是誰把他教育成這樣的？

尼達亞和部落長老們抗議他們不打算讓我舉辦成年禮的時候，那場會議中，除了幾個不知道活了多久的部落長老之外，還有阿魯。阿魯做為部落青年代表，贊同長老們的決策，理由是我離開部落太久，不僅違反禁忌使用記憶蟲，還做了**那種事情**。長尾蜜族允許我回到部落來就已經是祖靈的寬恕了，再浪費部落資源到我身上，舉辦不會被任何人認可的成年禮，那就只不過是被忘得窩的政治意識給洗腦罷了，這樣無法榮耀祖靈。

尼達亞那時候瞪著他，右手拇指抵著自己的太陽穴，另外四指向下彎起——基本上就是在喊他白痴。

阿魯的膚色比尼達亞還淺一些，他也像尼達亞一樣，有著大多數長尾蜜族記載裡面，勇士——或者說，王子們，應該要有的長相和身材。不過阿魯不像尼達亞把自己頭髮剃成平頭。當然不是，阿魯理所當然是留了長髮，總是把頭髮往後綁，偶爾綁成一顆包包。阿魯幾乎就和長尾蜜族雕刻畫像中王子的扮相一模一樣。

傳統——大概會是我對阿魯，最簡化的形容。

阿魯穿的衣服和我跟尼達亞有一些很細微的差異。阿魯的腰帶是由長尾蜜蛇的蛇皮製成，形狀完整保留了蛇身的樣貌，意味著這一款腰帶是特地選了一隻尺寸剛好的蛇來製作，抓來後剖開，掏出內臟煮食，牙齒拿來製作刀具武器——聽起來很不環保人道，我知道如果一般人在外面這樣做，忘得窩機構就會判定這是違法的，但阿魯在這裡就是這樣做。

阿魯會說——我們是長尾蜜族，我們本來就應該這樣做。

到底什麼叫做「本來」？

我常常在想，究竟是什麼東西，讓一個人是之所以是一個人的。長尾蜜族的特徵是什麼？尾巴嗎？但事實上，多年來長尾蜜族的後代都已經沒有帶尾了。「有尾巴」是做為一個長尾蜜族的必要元素嗎？我的那條黃色尾巴，成年後尾巴底部變得如同長尾蜜蛇般深黃，其餘的表皮則以淺黃色為主，鱗片的邊緣都帶著特殊的黃色色調。我的尾巴從小就被族人說，未來會變成長尾蜜蛇的尾巴，我就是祖靈派遣回來幫助我們生存的長尾蜜蛇的化身——我每次聽到這些話就好想嘔吐。

那我父親呢？或者說——其他生在這裡，但沒有尾巴的族民呢？是什麼區分了那些決定要接受忘得窩手術，移除尾巴的族民，以及天生下來就沒有尾巴的族民？為什麼移除了尾巴後的族民就不再是族民了？難道我們抽換了血液和祖先，成為了不同的生物了嗎？

究竟「本來」到底是從哪裡來的？

就像要參加一年一度的豐年祭典，按照習俗，從未參加過祭典的成年族人，必須親自捕捉深水尖嘴鳥，剝下皮後製成褲子以及無袖背心，再將牠們的羽毛拔下，縫製一層在褲子與背心作內襯——阿魯這麼信誓旦旦，強調這樣才不會觸怒祖靈。但究竟這是誰規定的？

光是這一個要求，就搞了我們五天的時間——你看到的，我們正在爬山時身穿的這套衣服，就是被阿魯強迫帶去海上獵捕深水尖嘴鳥而來的。

阿魯就是個智障——他堅持我需要親自準備衣服，不過也強調如果必要，他會替我捕鳥，因為他覺得看我把身體搞成這樣，我可能連碰到鳥都不太可能。我則是盯著他，要他把褲子脫掉，看我能不能抓到鳥。

那五天我、尼達亞、阿魯在海上划舟，試圖要尋找到深水尖嘴鳥的棲所。我們需要捕捉到三隻深水尖嘴鳥——牠們幾乎都住在海上珊瑚礁附近，只有覓食的時候才會離開，偏好淺海面的小魚，偶爾會飛上天空。忘得窩的文獻資料完全沒有記錄這件事情，官方甚至沒有長尾蜜後山的珊瑚礁紀錄。

我們明明也已經穿著舊有的深水尖嘴鳥的服裝——無袖背心，黑色皮製長褲，上衣褲子皆內襯了深水尖嘴鳥的羽毛，牠們羽毛極輕極軟，壓縮後體積非常單薄，但卻可以抵禦酷寒——阿魯就是堅持，按照習俗，我二十歲才返回長尾蜜後山，這是我第一次的豐年祭典，我必須穿上全新的衣服。

海上風浪不小，阿魯在船前，看著海的「形狀」——他都說仔細觀察海的話，海會透過它的形狀來和你說話。長老們也都這樣說，說什麼自然會給你答案。但小時候我趴在後山的河岸上，盯著裡頭的水，盯著裡頭水裡橘色的大角螃蟹夾住四腳魚，魚掙扎了許久，但還是被大角螃蟹的大角將魚頭給截斷——自然是想告訴我什麼？

我的父親之死——「自然」是想告訴我什麼？

我最討厭那些環保愛動物人士了——當然這不是唯一一個讓我厭煩的群體。那些人總是說著維護自然環境，好像這裡還有什麼地方是可以維護的。想要保護自然，但現在哪裡不是血？忘得窩製造了大多數現存的自然環境，那些「自然」都是忘得窩復育出的，幾乎已經沒有原生動植物了。甚至已經沒多少原生住民了。

又不是我們搞砸這個世界的——為什麼是我們要留下來面對？喊著要環保的傢伙，一定無法接受接下來會發生的事情。

阿魯和尼達亞兩人將船滑到了海中央靠近珊瑚礁的區域。

珊瑚礁區域總是閃著綠色、紅色、紫色和藍色的光亮，但就是沒有忘得窩獨占的那個銀藍色出現——這裡，在長尾蜜後山（精確的稱呼是，忘得窩長尾蜜後山保護園區），依然保有原生動植物的存在。忘得窩復育的動植物身上，那一照到光就會閃爍銀藍色光芒的特殊商標，在這裡是沒有跡象的。

這片珊瑚礁已經長了數百年甚至更久——大片大片像是葉子般的珊瑚，最高層的有些突出水面，底下也有更多如草皮般布滿水下一整片的珊瑚。我們已經可以看到有一些深水尖嘴鳥從這裡躍出水面。

深水尖嘴鳥身長大概有兩百公分出頭，全身羽毛都是白色，鳥喙巨大且尖銳，但通常牠們都是直接張嘴捕魚，尖喙只是視覺嚇阻作用，其實很輕又幾乎沒有太大攻擊力。牠們算是較大型的鳥類，在長尾蜜後山中，比牠們還大的鳥類只有——鷹——糟糕我想不起來到底是什麼鷹了。

尼達亞什麼也沒說，就只是看著那些深水尖嘴鳥從水面衝出、飛上天空，有些則是浮在水面上翻滾。不遠處一隻身形較小的深水尖嘴鳥朝我們的方向游來，潛入海內，再次躍出時嘴裡咬了隻閃著銀綠色光芒的魚。朝牠的方向，有四隻體型更大的深水尖嘴鳥飛了過來，其中兩隻嘴裡也咬著魚。牠們降落時濺起的水花噴溼了靠牠們最近的尼達亞。

深水尖嘴鳥是固定伴侶的，通常終生只會配對一次，不過伴侶與伴侶間會有聚集扶養後代的現象，通常是四到六對伴侶一個群集，群集彼此會互斥。忘得窩的資料裡沒有這項，但就我的觀察，深水尖嘴鳥也會出現固定同性伴侶的現象，也會有與異性的交配行為，不過那應該是繁殖天性。同志雄鳥會與同志雌鳥交配，並且共同與彼此伴侶扶養子代。

尼達亞摸了摸最靠近他的那隻正吞下大概我手掌大小魚苗的幼年深水尖嘴鳥，那隻幼小的深水尖嘴鳥用頭蹭了蹭他的左手心，尼達亞笑了起來，抬起頭向我們看來，他伸出握拳的右手，指尖朝阿魯的方向伸出後攤開。

阿魯沒有回話——就只是轉身朝我這裡扔出了一把刀。阿魯的刀也是長尾蜜蛇的牙製成，是由他父親傳給他的。我低下頭看著木製刀柄上的刻紋，長尾蜜蛇的模樣，木柄尾端製作成旋繞勾起的形狀，是為了將刀固定在手臂上以免在戰鬥中脫落。阿魯的父親是長尾蜜族的勇士，只有勇士的刀具才會製作成這個樣子。

刀身直到不行，長度大約有我整個手掌的長度，握起來很重——忽然一聲巨大的聲響傳來，我回過頭，看見阿魯已經徒手抓住一隻成年的深水尖嘴鳥，並將鳥甩向我。鳥嘴裡洩漏出一些掙扎的聲音，翅膀不斷振開。尼達亞在一旁撫摸著牠，像是要牠冷靜下來，像是在告訴牠會沒事的。

我瞪著阿魯——我知道他在幹什麼。

「你以為我不敢？」我讓刀柄與我的手臂固定，用刀抵著舟身。

「你敢嗎？你現在變成這樣了，能好好當一個長尾蜜族人嗎？」阿魯哼了聲。

我怒瞪著阿魯——要不是那時候我身上還有好幾隻記憶蟲，不然我手上那把刀可能就會從他脖子劃過去。他到底以為自己是誰啊？

你不覺得總是有很多人急著想給其他人建議，就算那些人根本沒問他們意見嗎？

像是——你要愛自己啊、你已經很好了、不要太要求自己、你只要更努力就會成功了、你不能這樣過日子啊、你難道不擔心你的父母痛苦嗎、你不怕他傷心嗎、你怎麼可以做這種事情、你現在還是你嗎、你這樣我們不能接受你要改回來、你不知道祖靈對你有多失望、你原本有那麼多美好的未來、部落的衣服不能這樣穿、部落男兒你站沒站相、你不能都不選擇、你不能一直用自己的腦袋來逃避面對真實世界。

真的是，從來沒人要求過他們多說一句話，對吧？

阿魯把那隻深水尖嘴鳥拉到我面前，壓住牠的脖子，一旁的尼達亞伸出右手比了尖嘴鳥的脖子，他那條多事的尾巴也做著和他手指相差不多的動作——我知道大家都是在那裡劃一刀，讓血在海水裡滲光，不染紅白色的羽毛，那是從前大家都說最仁慈的殺法。長老們總說人類都習慣攻擊心臟，在野外打獵的人類也都是以子彈射擊心臟，那對動物來說反而比較痛苦，根本不仁慈——好像這種事情還有仁慈不仁慈一樣。

我記得阿魯似乎說過，人類把自然的恩賜都當成理所當然——但我當時回了他什麼？我應該是回他，可是現在所有的「自然」，不都是忘得窩製作的嗎？他就只是瞪著我，一句話也不吭，像是我欠了他多少忘得讚點數一樣。

也許我對這些事情的感受與想法是受到記憶蟲影響的——你知道，當記憶蟲吸食你的記憶，牠的口液除了感染你其他的記憶外，同時也會影響你的感受能力，你的所有情緒都會變得比較遲緩。有些忘得窩的研究指出，長期使用幽佛栗芽血蛭，成癮患者有很高機率產生不可逆轉的情緒喪失狀況。那是一個很不精準的報告，我不想多提。

尼達亞握住我的手——我知道他的意思是他可以做這件事情沒問題。

我深呼吸了一口氣，瞪著阿魯——他一臉囂張的模樣，我真的應該要把刀插進他眼珠裡面。

我看著尼達亞指出的脖子，又看了阿魯單膝跪在舟板上，底板上被阿魯壓著掙扎的深水尖嘴鳥，牠也有小孩吧？剛剛那隻會是他的小孩嗎？我往旁邊看去，那隻年幼的深水尖嘴鳥還在不遠處的海面，保持了距離，但視線仍然朝向這裡。我低下頭，深呼吸了一次，兩次。三次。

我還是沒有下手。

「我、我們不能就，穿舊的就好嗎？」

尼達亞點了點頭，但他的尾巴用力搖起來，阿魯則是喊了聲當然不行。

「你尾巴都能切掉了，鳥有這麼難嗎？」

阿魯走近我，看著我跪在舟上的動作，嘆了氣，伸手推了兩下我的膝蓋，讓我的跪姿施力更平衡一些。我抬起頭盯著他，搖搖頭，「你知道這兩個東西沒關聯。」

阿魯對我眨了他右眼，「想說你需要一點鼓勵。」

此刻我真的沒興趣和阿魯調情，我低下頭看著深水尖嘴鳥的模樣，牠正努力想拍起翅膀，但我們卻要在這裡結束牠的生命。是什麼讓我們比牠們還重要的？是什麼讓我們的習俗比牠們的性命更加關鍵？我瞄了阿魯一眼卻不敢問，我想阿魯會說，如果習俗仍然需要人類獻祭，他會去抓人類來獻祭給祖靈。我怕阿魯會那樣說——我沒有任何改變他那種想法的方法。

我單膝跪在舟上，舉起刀，抵著深水尖嘴鳥的脖子，過了好幾秒鐘，深呼吸了不知道多少次，始終無法動作。

阿魯嘖了聲，扯下我套在手臂的刀，直接朝深水尖嘴鳥的脖子劃下去。深水尖嘴鳥的翅膀不斷大力拍動，阿魯一手掐緊牠的脖子，另一隻手抓緊了牠的翅膀。

牠的掙扎顯然比阿魯預計的還要激烈，牠甚至一度扭動脖子，撐開翅膀跳脫了阿魯的手撲到我腿上。阿魯迅速走來，我還來不及阻止他，阿魯又是一刀往我膝上的深水尖嘴鳥脖子上刺去。當他把刀拔出時，深水尖嘴鳥的鮮血湧出，灑到他的手上，也噴濺到我的臉上。我感覺得到臉頰流下溫熱的血。

我瞪大雙眼，看著牠掙扎了幾秒後，忽然失去重量般下墜在我懷中。

04

阿魯對我用記憶蟲這件事情，從來沒什麼好臉色。

雖然與其要說毫不關心，倒不如是反過來——他非常關心。他問過我為什麼要用記憶蟲，問法不太溫和，除非你的「溫和」定義包含了掐住脖子把你架起來幾乎快讓你昏過去、硬是扯斷你手上的記憶蟲——還好你背上還黏了幾隻，所以你不至於太清醒得面對這世界——你會想知道我為什麼要用記憶蟲嗎？我灌注記憶酵素，重新經驗這些記憶，去感覺那些過去被我刪除的感覺，是為了找到這個答案嗎？

精確地說，記憶蟲大概也不是他真正在意的——他對我的大多數事情都有意見。

我摸了摸我的脖子——很明顯還感覺得到被掐住的痛感。在正式出發爬上山之前，我和阿魯有了小小的對話，內容大概差不多就是他詢問我記憶蟲的事，我好心回覆，結果他掐住我。再來就是一些關於長尾蜜族後山改造的事宜——尼達亞對這些完全不感興趣，他只對生物有興趣，所以我和阿魯對話時，尼達亞就一個人背著登山裝備在樹上跳來跳去，後來他尾巴勾在樹上，整個人倒掛在上頭，晃啊晃的。

「欸，我跟你提過，忘得窩的資料庫，你到底想好沒？」

「你是告訴我，你要背叛長尾蜜族？」阿魯用力抓住我的手，瞪著我。

「我只是——」我話都還沒講完，瞪著阿魯那又大又圓的眼睛，「你一直說，你想要讓長尾蜜族的生活更好——我沒看到這裡有任何改變。」

「我們需要保存我們的文化，你為什麼一直想讓忘得窩進來？他們說是調查和記錄，但你真的覺得他們會只有調查和記錄這裡嗎？如果祖靈憤怒了呢？長尾蜜後山有很多地方連我們族民到現在都還沒搞懂，你要讓忘得窩來，然後把那些片面的資料記錄下來，是要讓所有人類都誤會我們原生住民的世界嗎？」

阿魯說著，抽出他腰間的刀，砍了前方的大樹幾下。

「我知道，你們那些，新鮮的人。」阿魯說「新鮮」的時候，還刻意加重聲音，「你離開部落，雖然是因為那爛事，但你在外頭一定很特別，忘得窩他們建構的世界，那些人，一定對你都超好奇，覺得你是什麼全世界最新鮮的東西，你也就以為自己很新鮮了。學那些什麼，忘得窩的基礎教育課程有哪些？多元教育？然後你讀了兩頁文化導讀，你就想著，我絕對比那些用這方式生活了幾百年的族人們都還要懂，是你們過時了，我要來拯救他們。」

阿魯邊說邊砍著周圍的樹，將長尾蜜樹的樹皮砍了好多下來。

「所以你就想拿著什麼文明進步的說法，來要求開放長尾蜜後山給忘得窩進來，你想怎樣？又要開始說什麼……」

阿魯停下話語，開始學起我說話的方式和語句，他站得直挺，面無表情——什麼？我在他面前的表情是這樣嗎？

阿魯清了清喉嚨，用比較高一點點的音調說道：「忘得窩多年來對部落釋出數次善意，提供點數津貼，水電管線重新拉整，忘得門（忘得窩在各個地方都有設立忘得門，打開後只需要走幾步路通過通道，就能快速抵達另一個有設立忘得門的地方），以及醫療福利包含長尾蜜族的尾巴切除手術，還有共生企業，公開透明，讓所有族民都隨時能夠參與、監督、檢查。」

結束了模仿我的動作，阿魯對我翻了白眼，「你會不會太天真了啊漂亮男孩。」

「你還是叫我漂亮男孩啊？」我瞪著阿魯，咬牙，露出一個小小的笑容。

阿魯瞬間臉就紅了起來。

我深呼吸了幾口氣，主要是因為爬山很喘，但更主要是在試著忍下怒氣，他喊我漂亮男孩總不可能奇蹟似地就讓我對他沒有怨念了——從我二十歲回到長尾蜜後山後，阿魯就對我沒什麼好臉色。好，我承認，我當初連續好幾天——好，是好幾個月，都在他家門狂敲，敲到他最後必須跑出來和我說明他裡頭有其他族人一同居住，請我不要繼續這樣打擾他們我才停止。這行為是有點糟糕，我承認，我反省過了。我現在就在反省。但這至少我讓他出來跟我說話了，並且，還讓他同意在一般會遇到我的時間，不會直接跑走，會留下來跟我說話。

已經一年多了，他逃跑躲起來數次，我沒有認真計算，畢竟我也有自己的生活。但他看到我出現就跳到樹幹上立刻找起其他事做，至少一週會發生兩三次，我也沒追著他問說為什麼你不遵守當初的承諾？難道要我繼續敲你家門讓你重新跟我約定一次嗎？

實在不能怪我對於在外頭總是表現得一副自己是救世主的阿魯有所質疑，他畢竟還是一個連自己情緒也無法控制的年輕人，連承諾都會違背，雖然這也不是第一次了，我們都快成年的時候，那才精采呢。你看阿魯，現在一不高興就大打出手，還是對大樹——請問大樹何時傷害了他？難道他不該好好做環保嗎？

阿魯蹲下身，從剛剛砍下的樹皮上翻找了幾下，抓出一隻黑色長條的蟲——那是專門寄生在長尾蜜樹上的害蟲，會不斷吸食樹液，最終讓樹乾枯。好幾年前長尾蜜樹開始大量不明原因死亡，長老尋覓答案許久未果，是阿魯挖下一棵幾乎半枯的樹，一層一層將樹皮剝開，從裡頭找到這些東西，才確認了樹的病因。

阿魯將那條黑色蟲抓起來，舉到我眼前，然後用力捏爆，體液滴下，閃爍銀藍色的光芒。

我當然知道他為什麼要這樣做——那黑蟲至今還沒有名字，並非長尾蜜後山的原生種，那是忘得窩至今仍然強調非他們實驗室復育出的動植物之一。但那銀藍色的光澤很顯然與他們有關——至少大多數長尾蜜族都是這樣想的。

在我從地上那被光照到後閃爍著銀藍色的體液奪走專注力後，阿魯已經往前不知道走了多遠，甚至跳到樹上，開始跟尼達亞比手畫腳——從他們的手語看起來，他們已經決定要比賽誰可以最不喘的抵達豐年祭典洞穴終點。

我對在樹上方的阿魯和尼達亞兩人喊了聲，要他們體諒我這個根本不想爬山的人——他們倆又開始陷入某種奇異的比賽氛圍，明明沒有人要他們這樣鍛鍊自己，但他們總要挑戰彼此的極限，誰捕獵最多，誰爬山最快，誰游泳最遠，誰得到最多祖靈的青睞（到底誰知道？他們是要像忘得窩解釋的，觀落陰嗎？他們為什麼總一副祖靈就在隔壁會來敲門批改他們手上的考卷告訴他們誰是乖族人誰是壞族人一般？）。

為了參加回到長尾蜜族後的第一次豐年祭典而必須爬山，這件事情已經讓我很反感，到底為什麼要這麼辛苦？躺著不好嗎？不過跟著阿魯爬山有視覺上的享受，你也能看到，他有一個很好看的，嗯，你懂。我想那時候我會願意參與豐年祭典和這個是有關的——但好壞不能相互抵銷，至少我現在知道不可以，即使我當初顯然是不知道。

有一天，我希望你不會遇到，但很可惜你可能會——很多時候你會以為，好的感覺夠多，壞的感覺就不會發生了，那只要累積好的感覺就可以抵抗悲傷了。你可能會想問，我到底為什麼要用記憶蟲？究竟記憶蟲對我來說用途在哪裡？如果我的記性真的如我所說的那、麼、好，那為什麼我不記得夠多好的東西，像是阿魯屁股的形狀就好了？

有時候悲傷是很令人上癮的，當你悲傷太久了，你的大腦會變得不一樣，那些原本讓你快樂的部位，都會愈來愈縮小。但那些原本讓你不快樂的部位，也會愈來愈縮小，原本不快樂的事情，好像也不會那麼不快樂了——那才是為什麼要離開悲傷遠比你想像中的還要更難。

那才是為什麼，停用記憶蟲有那麼困難。

通常會有人說，只要你指出了問題所在，你就能找到解決那個問題的方法。如果你知道自己為什麼這麼依賴記憶蟲，你就能擺脫對牠的成癮症狀。我也多麼想這樣告訴你——但我不想對你說謊。沒有人知道自己是為什麼而崩潰的，你可以指出崩潰的事件，但你無法光靠指認出爆炸起點，就讓已經發生的爆炸沒有發生。我為什麼會開始用記憶蟲，這完全不是重點，那是阿魯就算真的掐死我（不是我要抱怨，我滿喜歡的），也問不到的東西。

問到了的答案，也不會是你能夠回答的東西——只想尋找答案的人生，是危險的。

我想阿魯就是只想尋找答案的人。

「真好看啊。」我對著在樹上跳來跳去的阿魯喊道。

阿魯這一次又回頭瞪了我，一副想要我摸看看的樣子——好啦沒有，他的表情比較接近如果我敢碰他，他就會用他腰帶上的刀子砍掉我ㄐㄐ的那種眼神。

到底大家為什麼這麼關注ㄐㄐ呢？

「怎麼，不是很愛掐我？」我笑起來。

阿魯從樹上跳下到我面前，伸手又掐住我的脖子，他掐得力道沒特別大，我低吼了聲要他有種掐更緊一些——反正我身上還有記憶蟲在作用，根本感覺不太到什麼東西。現在就算阿魯認清他對我太感興趣而跪到我腿間幫我吹起來，也沒辦法讓我有什麼感覺。

「你、閉嘴。」阿魯鬆開手，指著我的額頭。

我聳了聳肩，喬一下鼓起的褲襠——阿魯的視線忽然間很明顯不知道該往哪看，我拉了拉褲頭，說著都是他我才必須跟著上來爬這什麼見鬼的路線。

好壞不能抵銷，有阿魯流汗的身體，和尼達亞的陪伴，參加豐年祭典的這條路線仍然是很困難的，尤其是對我來說——爬登長尾蜜山最高峰的路程，一般腳程大概四個小時，比較快的族人大約三個小時。但阿魯做為一個認為自己是最厲害的長尾蜜族後裔，加上尼達亞那個從小資質就優越於大多數原生住民的被神吻過的孩子，這兩個傢伙每一次見面，就一定得比個什麼賽，搞得好像大家都要當那個唯一一個最強最厲害的角色。

完全忽略做為一個使用記憶蟲使用到常常忘記今天哪一天，能躺就不想要動，只想別人自己騎上來的我——為什麼同樣都是長尾蜜族，我們會差那麼多呢？

阿魯會回答——還不是你十六歲正要被祖靈更加眷顧的時候逃出長尾蜜山，在外頭幹了那些事情，回來這裡，當然會失去了祖靈的祝福。祖靈看到你，只會看到祂們失敗的證據，祂們怎麼會願意看顧你？背叛自己親族的人還有臉問這問題？滾回去和那群一般人類生活不就好了嗎？

尼達亞會聳聳肩——他總是不直接回答我的問題。

爬上長尾蜜山最高峰並不算真的太困難，要不是記憶蟲這時候仍然黏滿我的背和腿，導致我幾乎感覺不到我的身體，更別提要讓我的身體跟上那兩個異常健康的傢伙——攀登高峰常常帶來某種快感，像是你解決了什麼一樣，這或許是為什麼忘得窩的官員假日都常常要約團爬山，雖然外頭那些人造山根本無法和長尾蜜山相提並論就是了。

豐年祭典困難的是，我們要從長尾蜜山登上另一座鄰山，再繼續往上爬，直到攀到那座不知道為什麼總是下雪的山頂。山頂內的洞穴是豐年祭典舉辦的場所。

這是我「第一次」正式參加豐年祭——二十歲回到部落，還要接受這種爛事，那個時刻的我真的恨透了那個把我抓回來的老媽。老媽幾乎就象徵了那個我多想逃避的傳統，那個我不願意親身經歷，但因為我記憶太好，所有看見的都彷彿是我自己經驗的傳統。我恨——我恨她強迫我回到這個讓我滿是瘡痍的地方。

好像說時間會讓傷痛淡去，但我現在有比較不憎恨嗎？我也不確定——我們有可能和憎恨和解嗎？

我曾經在長尾蜜山目睹過一件事情，那時候我父親還在，他們一群勇士和王子上山捕獵，我偷偷跟在後頭，一路隱藏自己的氣息，那時候我還很擅長隱藏氣息。

現在也不錯，沒以前那麼好就是了。那時候長尾蜜後山還有很多長尾鯨，長尾鯨體色偏白，尾巴和身體一樣長，通常一對一對游潛，從山上往海下看去，若牠們剛好浮出水面，看起來就像是一隻蝴蝶。每年慶典，部落王子（當時）都要與勇士們一同前往海邊獵捕一頭長尾鯨，回來做為祭典的大餐。當父親他們圍獵那對長尾鯨，以魚鉤鉤住一頭後，另外一頭常常不願離開，還要被其他人用力趕走。

長尾鯨是終生伴侶制的，當牠們成年後會找到自己的伴侶，與其共同度過餘生。從此之後海面上永遠都可能會有那個身影，只剩下一半的蝴蝶翅膀。

被迫留下來的長尾鯨，會原諒我的父親他們嗎？

或者我更想問的是——會原諒我們嗎？我們這些目睹了事情發生，而沒有做出任何行為，至今都還在這個該死的傳統底下生活的人。

前方尼達亞和阿魯兩人都急著要爬得更快更高——在長尾蜜後山林裡面製造出太多聲響，根據忘得窩的文獻記載（說是記載，不過是收藏在數位館藏內的一個資料檔案，點開就會投影出文獻紀錄），這是不理智的行為。長尾蜜後山內有許多原生生物，這些原生生物因為不明原因仍在災後能夠於長尾蜜後山繁育，不像外頭世界，原生動植物幾乎都無法生存。在忘得窩的檔案庫裡，說明長尾蜜後山保存了太多危險生物，甚至還附註「有神祕的力量阻擋研究團隊繼續探查」，上一筆更新資料已經是二十年前的事情了。

我不太知道尼達亞為什麼明明和所有人都與世無爭，偏偏就是和阿魯打對盤——阿魯倒是很好解釋。阿魯一定是出於對尼達亞血統的嫉妒，畢竟尼達亞嚴格定義上是少數純血純種的長尾蜜族後代，當然阿魯也是。不過尼達亞的父母是長尾蜜族的第一代，硬要說的話，幾乎就像是創世祖先的存在，或許我們都能算是尼達亞的後代？我對這真的沒什麼興趣。

尼達亞的出生很怪異，這裡就不提了——阿魯和尼達亞這詭異的鬥爭心態，都只出現在與典型長尾蜜族男性氣質的相關事件上。舉凡打獵、跳樹、爬山、游泳、泛舟等等，這些只要離開了長尾蜜後山，幾乎你在外頭世界都用不太到的東西，他們爭得像是賭在是他們的生命在上頭一樣。

終於趕上他們——還是他們腳步慢了下來？總之，我向前拍了兩下阿魯的臂部，他回過頭瞪了我一眼。我聳聳肩，向他表示他不能怪罪我，畢竟是他們倆爬得快到我幾乎要趕不上在後頭拚命喘氣。況且一天掐三次，難道你是真的愛上我了？這當然依然換來阿魯的白眼。就在我以為他又要掐住我脖子時，他卻忽然往下滑近我，伸出手掌摀住我的嘴巴。尼達亞則往山壁向上一躍，蹲在左側的一個山崖坳洞中，他的長尾巴在山洞外輕輕擺動。

我伸了舌頭舔了下阿魯的手掌，阿魯冷到不行的視線射過來——他以眼神示意，我順著他往左側看去。雖然我真的很想說阿魯和尼達亞那種男性競爭意識莫名其妙，不是所有東西都生死交關——我瞪大眼看著眼前的景象，差點尖叫出聲，阿魯用力繼續摀住我的嘴。

我看著攀附在巨大山壁上的人臉蜘蛛，深吞了一口氣屏住呼吸。

對待人面蜘蛛的方式很簡單——不要發出太大的聲音，通常人面蜘蛛會離開自己的巢穴都是外出捕獵，只要讓牠在外頭吃完食物，或者外帶回家，牠通常對人類都沒什麼興趣。根據長尾蜜族的長老們所說，人類口感對大多數原生動物都是難以下嚥的——到底是誰告訴他們這個結論的？那些已經被吃下去的犧牲者嗎？

阿魯用另一隻手握住我的手。

先前總是那樣憤怒地抓住我的手，我手上甚至還留了瘀青，現在握住我的手，則彷彿當我是什麼脆弱的小公主需要被偉大的長尾蜜族王子尼達亞和偉大的長尾蜜族勇士阿魯拯救一樣。先不提供公主這性別稱呼實在是太不適切，另外——

我看著阿魯握住我的手，「你幹麼？」

「我在幫你。」阿魯很明顯不耐煩地說著，「人面蜘蛛你都忘了？」

到底憑什麼是他試圖要拯救我？他又知道什麼我的苦難？他又知道我知道什麼

不知道什麼？我像是有白痴到會不知道遇到人面蜘蛛的時候要安靜嗎？

至今沒有人提供給忘得窩關於長尾蜜族的資料——如果我可以的話，我會收到很大一筆費用，那筆錢可以重建整個長尾蜜後山部落樣貌，重建基本文明網路，就像是其他接受了忘得窩金援的部落，長尾蜜後山這裡最後也會變成適合大家參與的園區。更重要的是，我可以去做完所有我還沒有做完、想要執行的手術，我可以擁有一個我想要的生活。

這些當然是阿魯或尼達亞那兩人不會搞清楚的事情——阿魯覺得自己不夠好看，是因為他對於長尾蜜族勇士的那種形象幻想影響了他對現實的理解。尼達亞根本不在乎那些——或許在乎一點點他自己的裝扮，但他知道自己很好看，更知道別人都覺得他好看。他們這些，服服貼貼活在自己身體裡面的人，根本不會理解我的困境。我比他們都還要更認真，更努力在蒐集這些資料——我比他們更需要知道這些。

到底阿魯這傢伙憑什麼一副高人一等的模樣看我？

我瞪著阿魯，用力推開了他，「你到底想怎樣？」

「啊？」阿魯皺起眉頭。

「你意見會不會太多？」

「那是因為你——噓，你要小聲一點。」阿魯伸出右手食指，希望我能安靜，「你十六歲就離開這裡，你當然不懂我們的文化。你甚至、你做了那件事情！你知道那多背叛我們族嗎？我們長尾蜜族從古至今都是以尾——」

尾巴，又是尾巴——連阿魯都在尾巴——這真的太累了，究竟為什麼他天生沒有被生下尾巴但只要服從所有長尾蜜族有史以來的規範就可以被當成一個好男人好勇士，為什麼我只不——不。我現在沒有想回憶這件事情。

我低下聲回道：「這跟尾巴根本沒關係。」

阿魯也低著聲音：「一切都跟尾巴有關係——你用記憶蟲，難道不是因為尾巴？」

我瞪大雙眼，看著阿魯——我握緊拳頭，不想要吼出聲音，以免聲音太大會叫喚到人面蜘蛛。我已經很努力在克制，關於記憶蟲的問題，我知道做為一個兩次用記憶蟲用到差點死掉的傢伙，我的公信力不足。但我根本不是因為尾巴而用記憶蟲的，這根本是兩回事。當然多少有一些原因但隨意把這個問題歸因給我移除尾巴的決定，根本就是刻意誤解我的經驗。不，我不該現在想這些。

不對，為什麼我不回想這件事情？

是阿魯在我最需要他的時候放棄我，因為我想要做移除手術，違背了他對長尾蜜族的承諾，他自己無法接受成為親人自我閹割的幫凶。是阿魯在我移除手術後一封信也沒寄給我。我在休養好了以後曾三番兩次前去長尾蜜後山外圍的結界，試圖與他交談，但次次無果。這有什麼好不回想的？真不知道以前的我是在害怕什麼，為了迴避這些情緒還變成記憶蟲成癮狂。

這有什麼好不感受的？好不容易在快二十歲生日那天，我用盡了藉口把他找來，他終於勉強願意見我，而他說了那些恐怖的話，讓我當晚馬上用了一堆記憶蟲，其中一條記憶蟲還爬進我喉嚨，卡在那裡。早上我媽媽在我宿舍發現我已經嘔吐倒地，她把我喉嚨內的記憶蟲抓出來，那條記憶蟲幾乎已經肥胖到塞滿我的食道。我媽媽看著我，說她沒有辦法了，我必須回長尾蜜後山，我必須想辦法找到自己的生活。

我回到這裡的原因，我那天記憶蟲用到快死掉，阿魯會不知道為什麼嗎？

我看著阿魯，用力推了他一下，被我推了的阿魯下意識就是推回來，但礙於高度他還必須稍微踩高才能推到我肩膀。我又推了他，指著他的鼻子，說他知道為什麼我會回來，這都是他的錯。

阿魯才剛要回話，前面觀察人面蜘蛛動態的尼達亞，就雙手揮了揮，叫我們安靜。

阿魯對我又比了一個噤聲的手勢。

我瞪著阿魯，我看著他那圓圓大大的深色瞳孔，那比我深了好幾個色階的皮膚，他的深黑色長髮綁起，他的眼睛下頭還有兩顆痣，一切看起來都太像文獻記載中的長尾蜜族勇士長相敘述——我很難不把那些圖騰、那些五官、那些與傳統如此相繫的他的一切，視為都是在批判我的存在，否定我的存在，否定我。

我回頭看向站在石崖上的人面蜘蛛，朝牠大聲尖叫。

05

我為什麼會使用記憶蟲？

難道是因為，我常常覺得，我在一個容器裡，而這個容器無法裝下我。我一直溢出——但沒有任何容器能接住我？

這會是我開始使用記憶蟲的原因嗎？我不知道——就像那次——還是現在？我的時間觀念愈來愈差了，記憶重建手術比忘得窩說的還要困難，明明都已經第五針了。對一些因記憶被喚醒而誘發的感受實在太多了——從前明明沒有這麼強烈的情緒反應。對阿魯每一個眼神，我不記得我曾經在當下有那麼心酸過，對尼達亞的存在，我有曾經像現在這樣開懷笑過嗎？我明明被綁在醫療床上，一針又一針地灌進記憶恢復劑，回想這些發生過的事情，而這些感受，又是真實存在的嗎？

為什麼在那些當下我沒什麼感受，是因為我記憶蟲用得太嗨嗎——我現在感受到的究竟是什麼？

難道記憶原本就是為了讓我們把情緒收藏密封再也不提嗎？回憶難道是人類犯賤的不信邪？不相信記憶裡面總是會有怪物。

阿魯問過我，我使用記憶蟲，是想要忘記什麼嗎？

每個問題都和發問者那麼相似——我當然不是只想忘記什麼，也不是真的有多麼巨大的創傷發生。我想要的是，在記憶蟲吃我的那幾分鐘所注射到我體內的酵素，讓我所有的記憶對我的影響力都減少到不能再少——我要的是，消滅所有我記憶裡面曾經帶給我的「感覺」。

我想要的不是遺忘，我並不想消滅記憶，因為我該死得太聰明，我不會忘記。如果忘記，我可能得變成永遠的笨蛋，我無法容忍這件事情——我要的是「從來沒有」。我要那些東西從頭開始就不曾存在我的腦中。我的身體。我的肉。我的血。我的指甲縫。我的舌頭。我要我舔過的那些人，那些讓我這麼痛苦的人，不再擁讓我痛苦的能力。我要那些我擁抱過的人，那個「我被人曾經擁抱過的感受」從我懷中徹底消失。

我要的是——全面的情感收回。

記憶蟲的副作用——我當時完全無法離開、一天也不能沒有的，就是那樣的感受。使用記憶蟲，使用得夠多夠強，牠們夠餓的時候，會吸食更多，分泌的酵素就會更強，會讓你幾乎無法對任何事情產生感覺。你當然還是知道你在經驗那些事情，但所有東西都彷彿你只是看著寫下來而已。

你在那裡，但你沒有在那裡。

天啊，你真的要他媽的用過才能知道我在講什麼。有些人會鬼扯說忘得糖或者甚至違法的望得糖也有類似的效果——他們完全搞不懂自己在講什麼。

記憶蟲的作用還不只是如此。如果你和朋友交換彼此的記憶蟲，牠們會攜帶你的記憶去新宿主上，你們的記憶會互相感染，會有幾小時，甚至幾天的時間，你們會感覺就像是精神進入了彼此的身體裡面。

那天，我和尼達亞跟阿魯徹夜聊天，回答彼此的問題。我們躺在阿魯房間床上，一起讓記憶蟲爬過我們的身體。記憶蟲讓我們彼此的記憶交纏，那種幾乎合而為一的感覺，你有體驗過嗎？如果你體驗過，你真的不會怪罪我。

但阿魯會怪我——阿魯痛恨記憶蟲。

阿魯應該也很恨我——畢竟我讓他用了一次記憶蟲。

阿魯認為，記憶蟲是長尾蜜族的黑暗歷史之一。

記憶蟲——精確地說，是幽佛栗芽血蛭，這種血蛭吸食你記憶，同時注入一種會把你的記憶都攪成一團，淡化所有情緒感官的物質。這還不是最糟糕的，更糟糕的是，根據長尾蜜族部落口述記載，在最初幽佛栗芽血蛭被發現，是因為一名勇士拿牠來降低自己對野獸的恐懼，最後他對現實的理解完全失常，有天拿著獵刀砍下了自己妻子的頭顱，舉起頭顱對部落族民們大喊，他殺掉了捕蜂人。

有陣子這類的狀況很頻繁，當初他們甚至不知道幽佛栗芽血蛭是什麼，部落沒有定名，沒有人想到是這種小東西（雖然吸食後幾乎可以膨脹成三十公分）導致整個小部落互相砍殺、彼此瘋狂。這些口裡都喊著「捕蜂人」的族民們被管制收容，終於送出了長尾蜜後山，前去忘得窩動物園內設的原生住民研究醫療機構。

那裡是唯一一個族民們若真的受了無法由族內巫師治療的重傷，才會尋求幫助的地方。醫療機構裡頭的主要研究者是一個說話總是結巴的傢伙，我很小的時候他還當過我一次心理治療師，現在他也擔任了醫療單位的領頭人。那時候因為我父親是頭目的緣故，我跟著進入了研究室。

我還小，和我的尾巴關係良好，不會有人發現我，在那時候我還能自主隱形。我就躲在陰暗處，看著穿戴防護衣的醫生們替其中一位原生住民拔去記憶蟲，我記得他們把記憶蟲放進裝有冰涼液體的玻璃罐內，我看到了記憶蟲口部的利牙，以及牠整個嘴巴流露著深藍又帶一點紫色的黏液。

整間研究室的住民們都在大喊尖叫著「捕蜂人」，猶如一個什麼集體惡夢一樣。我看著他們不時爬起，用族人原本就強盛的力量攻擊醫師、護理師，直到警衛需要拿電擊用具進場維護秩序、醫生注入忘得劑鎮靜他們。在我要悄悄離開研究室時，我的手臂被一個住民抓住了——他說，不要聽惡魔的話語。

我完全沒有頭緒，關於他說的惡魔到底是誰。

「捕蜂人」是什麼，倒是可以從一些對幽佛栗芽血蛭成癮的使用者研究中得知。那是一種穿著捕蜂人裝，頭罩內全是蜜蜂圍繞，周身也都有蜜蜂飛舞的「人形生物」——「捕蜂人」只出現在使用幽佛栗芽血蛭過度頻繁的人的記憶裡頭。

部落內的文獻記錄了這樣的句子：血蛭是寄生種，寄於記憶之中，形狀是捕蜂人態，擬態惡魔。

長老們流傳下來的紀錄總是這樣，書寫了一些根本不是實際存在的東西，惡魔這種玩意兒早就被忘得窩收編管制，忘得窩也早就把「捕蜂人」列為純粹精神危害的症狀，認為那是幽佛栗芽血蛭的激素扭曲了使用者的現實理解能力，導致使用者看見幻覺而已。

我和阿魯小時候不能說完全沒見過面，但真要說熟的話也太勉強，他總是在訓練體能和知識，而我一股腦兒都只想知道長尾蜜後山外的世界。我當時雖然還沒有正式離開部落（對，正式離開部落需要申請，從此你的公民身分證上的「長尾蜜族民」會被印上一個「待核銷」的字樣，而你的公民身分證則會顯示成「暫時居留證」），但我偶爾使用訪客的名義（只要辦一張訪客證就好），跑去忘得窩大學旁聽一些課程。這些證件都會連通到忘得錶中，忘得錶是市民主要用於購買日常用品、進入校園、公司或者出入境內通道等等的工具。

阿魯是勇士，他生下來就認為自己是勇士。父親也是勇士，因此他認為自己要超越父親，擔負起保衛長尾蜜族、抵抗外敵（這裡指的是忘得窩）的義務——他非常討厭任何與忘得窩扯上關係的資源，網路、電、自來水。在忘得窩的魔法肅清計畫之後，少數忘得窩無法解決的怪異事件，會來和長尾蜜族尋求協助，而長尾蜜族也因此得到了一些正常文明應該有的東西。像是忘得窩動物園裡頭那隻大海怪，在族人解決了魔法感染仿生動物造成狂亂之類的事件後，我就常常去那裡參觀，可愛到不行，很愛和我聊天，但偶爾會把清潔員吞下去。

當然，阿魯覺得這代表自己失敗了，他沒有拯救大家，免於受到忘得窩的侵擾。

不像一般人挫敗時也許會哭，阿魯幾乎沒有哭過——但阿魯的手臂上，總是有幾道刀痕。

那和他身體上的傷痕不同——他的左胸口有淺淺的被熊爪抓過留下的痕跡，他的背部都是深深的指甲痕，看上去幾乎都是爬蟲類、鳥類指甲掙扎留下的結果，大多數都很有一段時間了。快十八歲時，阿魯對長尾蜜後山上大多數的動植物都已經有了接觸經驗，那些傷痕幾乎都是小時候留下的。我很少看到他身上還有新的動物痕跡，雖然我非常確定他腰際上的瘀青是漁人留下來的，那群住在海底，偶爾爬上來在海上洞穴內築巢，聽說有些人看到他們時他們俊美異常，有些人則會看到他們恐怖的樣貌。

但阿魯手臂上的傷痕幾乎總是新的。

細細一條又一條，用他那長尾蜜蛇的尖牙磨成的直刀，一條又一條劃出來，就像是想用自己的身體做為和外界溝通的符號一樣——他這麼做，到底想告訴世界什麼？他想告訴我們什麼？

阿魯之所以會做這些事情，我推敲了幾個原因……畢竟你是個正常人，你一定覺得，我也會想說，我要知道原因、安撫他、幫他走出這地獄——沒有，我當然沒有推敲原因，推敲原因是智障才會做的事情。應該要思考的是——你準備好接受他的答案了嗎？

常常事不關己的時候，都會以為自己想知道對方為什麼會「變成這樣」，一個人為什麼決定要用記憶蟲，一個人為什麼對記憶蟲上癮，一個人為什麼要傷害自己，一個人為什麼會覺得拿起刀，在自己手上劃一下一下，是緩解自己痛苦的方式？一個人，是怎麼，決定要離開這個世界的。但——你真的有想知道原因嗎？知道了原因，你就能阻止對方這樣做下去嗎？對方會不知道自己這麼做的原因嗎？

在「試圖阻止他人悲傷」這件事情上，我們都做過很多努力，因為大多時候即使不願意承認，我們畢竟是個能產生同感的人類，我們對他人的痛苦引起的共感遠比對他人的快樂還要更強烈直接。我們的「不希望你難過」很多時候，都只是在說「你這樣讓我很難過，你可不可以不要這樣難過，好讓旁觀的我不會這麼難過」——任何阻止他人悲傷的說法都是亡羊補牢，看村只看到影。或許我可以不要因為我父親死亡的事情以及我那好得過頭的該死記憶力那麼悲傷，我就不會對記憶蟲成癮，後來我人生中因為成癮所發生的爛事就不會發生。但你有沒有想過，就幾秒鐘就好，想過——如果沒有記憶蟲，我還會在這裡嗎？如果沒有那些自殘的痕跡，阿魯還能繼續撐下去嗎？

試圖阻止他人痛苦的人，從來都沒有想過——死，或者與死同義的概念，有時候才是解答。你準備好接受那些人離開你的世界了嗎？這才是你該問自己的問題。

為什麼你決定要放棄一切，究竟你是有痛苦，你才寧願不要記得任何事情，收回所有曾經發生過的情緒——這些都是智障問題。

阿魯一定很痛恨自己問了我那樣的問題。

尼達亞手上有咬痕，那是被人面蜘蛛刺傷的痕跡。

阿魯身上沾滿黏液，上身光裸，背上有些灼傷——人面蜘蛛的體液能侵蝕石頭，把巨石鑽出孔洞，部落有些石材製作上也會使用到人面蜘蛛體內的黏液。通常他們會用人面蜘蛛的屍骸空殼盛裝黏液，因為一般的容器通常都會馬上被溶解。

他們身上的傷痕都已經開始結痂了——也是，畢竟豐年祭剛結束，我們也從鄰山回到了長尾蜜後山。我手心上的灼傷現在摸起來有些粗糙，徒手扯下人面蜘蛛的人面頭是不理智的行為，尤其那隻人面蜘蛛體型是你的三倍左右。

終於結束了豐年祭，長尾蜜蛇的藥酒真的太強，到現在我舌尖都還彷彿能嘗到那一點點甜膩的味道——阿魯解開腰帶側旁的刀、放下弓箭，低吼了聲，大概除了被人面蜘蛛傷到之外，豐年祭發生的爛事也挫敗了他的自尊。尼達亞大字形躺到床上，接著阿魯走出房間——我躺到床上，側過頭看著尼達亞，尼達亞也正看著我。

尼達亞雙手手背互碰，右手摸了自己的鼻尖，再五指伸直掌心向我搖了下——

他在和我說他不反對我用記憶蟲。

我翻了白眼，「謝啦。」

尼達亞比了一下房外，我知道他在指阿魯。他掌心向自己胸前，食指伸直，雙手在胸前擺動了一下，最後右手握拳，碰了自己鼻子。

我忍不住笑了出來，搖了搖頭——我右手手指彎曲，指尖碰了一下自己額頭，皺起眉頭。

「我沒有討厭你們兩個。」阿魯的聲音傳來，我側過頭看向他，他拿著浴巾擦著自己上身，腰際只圍了一條浴巾。

「喔是喔。」我向他翻了白眼。

阿魯坐到床沿，把自己的長髮全往後撥弄，他的頭髮還有些溼。他看著我，一副想要說什麼的樣子，我真的是只想繼續翻他白眼。

我從床上坐起身，盯著他瞧，應該要怪罪給豐年祭發生的爛事，或者我太久沒有用記憶蟲了，讓那些原本我沒有感覺到的東西又開始冒出來——我伸出手摸了他的頭髮，把他耳際的頭髮塞進耳後。我看著他身上那些傷疤，嘆了口氣，輕撫他腹部上的一條長痕。照理來說，細小表淺的傷痕，長尾蜜族族人都能迅速恢復，就連我的恢復能力也比一般忘得窩的人類還好。但阿魯身上總是留下許多傷疤，像是他的身體要他記住這些東西一樣。

「我想知道。」阿魯聲音有些沙啞，「為什麼你要用記憶蟲？」

「我覺得這不好。」我停下手指撫摸他腹部的動作，搖了搖頭。

尼達亞湊了過來，他指了指自己——我悶哼了聲。

我看著他倆，他們都沒有打算退讓的意思。我嘆了氣，下床挖開床底下的一片木板，從裡頭拿出一個很大的方形玻璃罐，裡頭有幾隻記憶蟲，這是我其中一個儲存點。這批記憶蟲孵化一陣子了，最大的現在大概有我半隻食指大小，應該餓到不行，我還沒把牠們從罐子裡頭拿出來過，牠們都附著在一個小小的骨架上，那個骨架屬於深水尖嘴鳥的幼雛。

我打開玻璃罐的蓋子，從裡頭抓出一隻記憶蟲——我看著尼達亞和阿魯，他們一副沒有打算退卻的樣子。我聳了肩，先把一隻記憶蟲放到尼達亞的手心，接著再拿出一隻放到阿魯的手心。最後我的手心上也黏了一隻記憶蟲。

我感受記憶蟲在我手心鑽咬時注射酵素到我體內的快感——尼達亞輕哼了幾聲，阿魯則是咬著嘴巴什麼聲音也不發出來。我要尼達亞和阿魯都跟我躺到床上。

過幾分鐘後，我們交換手心上的記憶蟲，我能感覺到尼達亞的記憶流到我腦內——再過幾分鐘，我們又交換了一次手心上的記憶蟲，尼達亞將原先是我手心的記憶蟲交給阿魯，尼達亞雙眼已經紅了。我的手心上現在爬著原先是阿魯的記憶蟲。

我閉上雙眼，享受記憶蟲——

才沒幾秒，阿魯忽然開始尖叫，我睜開雙眼，尼達亞蜷縮在床上顫抖，手心上的記憶蟲已經掉到床上，被尼達亞的尾巴給刺穿，床上沾滿暗黃色的黏液。阿魯開始大哭——我向前拔下了他手心上的記憶蟲，把他抱進懷中。我抱著大哭的阿魯，把他抱得死緊，我告訴他我不會這樣做，我不會再用記憶蟲了。

我抬起頭，看到房間陰暗的角落，有一隻蜜蜂從門縫鑽了進來，接著是一整群蜜蜂飛了進來，嗡嗡嗡的聲音籠罩角落，慢慢浮現了一個穿著黃色捕蜂人裝的傢伙，他頭罩內滿是蜜蜂飛舞，看不清楚他的臉——我知道只有我看得到這傢伙，尼達亞雖然蜷縮在床上顫抖，但如果我們有生命危險，他早就醒來捍衛了。

捕蜂人朝我舉起手，一群蜜蜂飛了過來。我用力閉上眼睛，抱緊懷中的阿魯。

隔天醒來，我們三人都像是經驗了一場什麼奇怪的性愛活動——如果真是性愛活動的話，至少我可以保證其中一方一定有爽到。但沒有，這是我用記憶蟲以來最糟糕的經驗，阿魯的記憶殘留全是尖刺，他對自己的批評讓我幾乎無法好好呼吸。

我看不懂尼達亞的記憶，那是一片空白的——怎麼會有沒有感覺的記憶？他是怎麼做到的？

我坐在床上，握著玻璃罐，裡面有我醒來後好不容易抓回來的三隻記憶蟲。我看著光灑進來，晒到尼達亞和阿魯的臉上，而這兩人敏捷地同時張開眼睛，彷彿隨時都與自然同步一樣——我為什麼總是醒得太早，不然就是根本沒有醒來？

蜂聲充斥耳朵，但我非常清楚那些不是真的，蜂只存在我腦中——我眼角瞄向門外，看到那個捕蜂人依然站在那裡，阿皮司西邈納蜂在他周身飛舞。把捕蜂人的頭繞成一團迷霧。

當我看見阿魯和尼達亞兩人都皺著眉，很想說些什麼的表情，我就拿起玻璃罐，遞給阿魯——對他們說，我再也不用這東西了。

捕蜂人的蜜蜂群仍舊在我眼前飛舞，蜂群幾乎把我的視線吞噬。

06

因為相似的創傷而結識的人，關係是無法維繫的。

創傷就像是錯綜複雜纏死了的毛線球，你有多少力氣可以解開曾經的創傷？你精神不穩定而殺掉外公，你早逝的愚蠢父親，你那過分清晰的每一份記憶——創傷不僅只存在於親生家屬關係。如果你知道你是被試管製造，從長尾蜜樹誕生出來的族人希望，那樣的創傷要怎麼修復？背負著那樣的創傷而彼此相遇，兩個人，或者三個人，要怎麼從這個糟糕的開始往前邁進？

我們是不是都早就被綑綁在我們自己的地獄裡了？

創傷綁定是個災難，尤其是我本來就是座地獄了——你揭開自己的創傷，會讓他人釋放出痛苦、悲傷等情緒，而這些情緒我歸類為不良情緒，會導致對方開始關心、過度愛護、細心照顧你，以撫平他們受到痛苦、悲傷等情緒的損害。揭示創傷，會讓人想要好好愛你，會讓人以為你值得被愛。

我真他媽的不值得。

不是說我很醜——相反的，我當然知道我長得很好看，我畢竟有眼睛和審美眼界的基本人類常識。我的不值得，完全和我們外貌沒有任何關聯。究竟為什麼這麼多人談到值得不值得被愛，都會和外貌綁定在一起？那些人難道以為自己腐爛的靈魂裝進精緻的外皮就不會飄出臭氣嗎？

在我十六歲的時候，我父親過世，死掉的原因不太重要。總之沒有人準備好這件事情，況且長尾蜜族通常的平均壽命都長到不行——當然，阿魯認為，或者說這一次難得尼達亞也認同，大概跟忘得窩的魔法肅清計畫有關，畢竟我父親過世和忘得窩的肅清魔法計畫成功同天。

沒啥好解釋的——忘得窩找到了「魔法」的來源，關閉了那個水龍頭，解除了城市人民的生存危機。我六歲的時候，忘得窩開始宣傳一群「鬼」的存在，他們指出這群人是因為不明原因擁有超越人類的特殊能力。後來，在我十二歲時，他們定義那些特殊能力是「魔法」，而且宣傳他們正極力替人民理解這些魔法從何而來。我十五歲時，他們定義魔法為危害人民幸福安危的特殊力量，必須被清除——我十六歲時，忘得窩找到了魔法根源，據傳那是一個水龍頭，他們把它給關起來了。

我父親在忘得窩派遣來的部隊試圖進入長尾蜜後山的結界當下昏迷不醒，一直到我快要十七歲時，我父親才死去。

事實上也不只是我父親——忘得窩當時派遣了部隊，希望能夠解開長尾蜜後山的結界——長尾蜜後山的結界「據傳」是透過祖靈維繫，以防止許多外界事物的干擾，包含了忘得窩的入侵。這當然都是阿魯口述給我聽的，對我來說，忘得窩是否能被定義為是入侵者還有待商榷。在忘得窩關閉「魔法」後，結界有幾秒鐘的時間出現裂痕，但很快就恢復，原本打算擅闖長尾蜜後山的部隊一個人也進不去，還有卡在結界中央，身體一半被結界吃掉的闖關者。

父親昏迷後我常常和媽媽去看他，一開始還沒有什麼問題，大家都期待有一天父親會醒來。過了一陣子，族內所有的巫師都束手無策，沒人知道父親為何會陷入昏迷，大家開始彼此責怪。責怪當初有人讓忘得窩以為能夠進來、責備族內之人沒有在當初忘得窩推行魔法肅清計畫時出力阻止、責備我——對，責備我，哭著問我為什麼我的尾巴沒有辦法治療我父親，我不是應該是長尾蜜蛇的化身嗎？我不是應該守護族人嗎？

我那時候才不過十六歲。

我和阿魯從來都不熟，我常常和父親換取證件，前去忘得窩大學旁聽參觀，那時候還得把自己的尾巴好好藏起來，穿搭得更符合我在忘得窩宣傳海報上看過的大學生造型：中分捲髮，圓框無度數眼鏡，寬鬆襯衫和寬鬆褲子。阿魯從來就看不起我——他認為我做為長尾蜜族的後代，還是少數擁有這麼重要特徵的後代，怎麼可以不好好待著守護部落，而是一直好奇忘得窩是怎麼樣的政府單位。

阿魯認為我「想當一個正常的人類」——好像這是個什麼壞事一樣。

我父親死後的火焚祭典，阿魯有來，他站在我旁邊，他是部落內和我年齡最接近的青年——他站在我身邊，我們不真的認識，我還記得那時候他就已經綁起了長髮包包頭，不過他的膚色還沒有像後來那樣黑。我站在那邊，媽媽哭到不行，對我的態度也不太友善。可以諒解，畢竟在祭典之前我幹了那樣的爛事。但媽媽哭到讓我懷疑她到底在感受什麼，有這麼痛嗎？

我只是站在那看著那些人，父親的朋友好多，好多人都在難過，這就是成功的人生嗎？當你莫名其妙死了，有好多人在替你哭，好像這樣就可以抵銷你已經死、掉、了，在土裡。很快就要被蟲咬穿你的眼窩你的內臟你的腳底，你很快就會有雜草在你的左胸口心臟原本的位置長出來——但很棒喔，有很多人都來看你，你滿意了吧？

為什麼是我父親，而不是我？我根本不值得。

祭典正式開始，一行六人扛著「我的父親」出來了——在那個類似擔架的木製與布接起的東西上頭，是我那個被塞入長尾蜜巨蛇皮中的父親。他們一路哼歌，將父親抬到了祭典現場，一座茅草屋。這茅草屋由茅草做為天頂，軟木皮加強遮蔽，並用了軟木的樹幹做為支柱，屋梁則以杉木做撐。他們做的尺寸剛好像是一個三角形，周圍和地上皆綁滿了茅草與稻草。

被塞進長尾蜜巨蛇皮中的父親，就這樣被擺放在草木堆上。同時他們還擺了一塊長尾蜜巨蛇的肉，也就是被剝下皮來的那條巨蛇——牠就這樣被軟木皮包覆起來，躺在我父親旁邊。

我深呼吸了幾次，我媽媽先是跪在地上哭泣，我真的好想向她尖叫要她不要哭了。長老舉了一把火炬給她，她接過火炬站起身時拍了拍我的肩膀，明明她知道我最討厭被人觸碰。她朝我父親的方向走去——這小小的幾步路之間，每個人都在哭，連阿魯都哭了。

當親戚開始跳起祭舞，唱起歌來，演奏樂器之時，我也只是站在那兒看著。我看著媽媽把火炬放置到茅草屋內，火焰馬上從茅草、稻草和軟木皮的部分燃燒起來。火焰一開始很小很小，像是什麼也沒有一樣，彷彿風一吹就會消失。但幾串火光竄大，我感覺熱氣湧上天空，整個周圍都熱了起來——我已經看不到父親了，只看見火焰，我的眼眶裡全部都是火焰。

我搞不懂阿魯到底一直站在我旁邊做什麼——我也搞不懂他為什麼那時候要握住我的手。

我更搞不懂為什麼我沒有把他的手給揮開。

我們是不是都是透過儀式來抵抗悲傷？

我不是——你都看到了，準備我父親祭典的我，背上還黏了好幾條記憶蟲。我根本搞不懂這些儀式的作用，現在怕是你拿刀戳我我都不會有太多感覺。

父親死後七天，才能舉辦祭典，儀式是這樣的：先燒掉亡者屍體，然後狂歡舞會。長尾蜜族部落將徹夜燃燈，照亮整座山脈，而我們則需要不眠地跳整晚的舞——他們都說，一定一開始大家都不想跳，但慢慢地會有一兩個人開始跳起來，接著就會帶領所有人一起參加這個祭典。部落的習俗是，要透過這樣隨興、悲傷後的舞，來與親屬愛人告別。

茅屋的火焰會因為足夠的燃料維持數日，長尾蜜族培育的原生軟木有很好的續燃效果，長尾蜜蛇的肉會在火焰燃燒時熟成，接著必須埋在地底三年以上，由亡者後代挖出，再次火烤，才能食用。據傳，如此會獲得異於常人的能力——長老們的口述紀錄裡面，有提到之所以要再次火烤，是為了防止長尾蜜蛇的復活。我是不知道這有什麼好擔心的，他們已經都把人家的皮給全剝下來，還火烤後埋入地底好幾年了。

創傷綁定——這是我後來想到，如果一定要給我和阿魯之所以產生關係的原因取一個名字的話，我會這樣解釋。我知道他的創傷，他見證了我的創傷——儘管只是其中一個，甚至是個很表淺的。但創傷有趣的地方就是你永遠會以為你看見的就是所有的災難了，因為你是愚蠢的人，你會以為世界上的災難不會重複並且加強地發生在一個人身上，你會覺得，夠了吧，一個人不會同時受到甲乙丙丁這樣的創傷吧，老天爺不會這麼殘忍吧？哈，你再繼續等著看吧。

阿魯以為他因為我父親的死而更認識我——他和我分享了祕密，而我誤以為我們是可以彼此理解的。但我們理解的只是彼此的傷，我們建立的連結是因為我們需要另一個人來替我們作證，證明我們還沒有被創傷打倒。這樣的關係，充其量只是人面和人面蜘蛛的共生關係而已（人面蜘蛛的腹部上頭有菌絲，會聚集在人面蜘蛛的腹部外殼上頭繁殖，能生成一種特別的香味，吸引一般人類前來，被菌絲包覆的人類會被內化成人面蜘蛛的一體。當人面蜘蛛第一次捕抓到人類內化後，才是成年的「人面蜘蛛」）。

在父親死後，等待祭典的那七天內，阿魯不知道為什麼，一直跑來找我——我們原先也不是多熟，儘管我多少認為他似乎對我的尾巴特別感興趣，大概是因為那樣他才來的。

第一天的時候我一個人在家摺紙食憐花，那是一種在野外綻放時，會從花芯流出蜜的花，那些蜜會吸引蚊蟲和許多野生動物，而花的本體，一個巨大的口器，就坐落在小花的下端，當感應到動物經過，便會張開口縫、讓動物跌進胃裡。我還用我的尾巴試探了一下，將尾巴繞在阿魯脖子上，看他是不是會比較喜歡尾巴的陪伴，但不知道為什麼，他那時候的表情就像是我在做一個多麼讓他哀傷的行為。

照理來講我媽應該要和我一起摺那些食憐花的，但很顯然因為我父親在入院前幾天我搞出了那些爛事，她還沒辦法好好冷靜看我。她最近都在和其他部落族民一起摺紙和準備後續的祭典事宜。

阿魯又是一大早就來了，提著草葉包裹起來的食物，我聞到肉的香氣，咂了舌，連忙將上衣穿上，遮住還在我背上的記憶蟲——我瞪了阿魯一眼，伸手拍了他的屁股。

「你來做什麼？」

「看你可憐。」阿魯回道。

阿魯坐下後沒多久就開始摺起食憐花，他的手指比我靈巧多了，我盯著他的手指，忍不住舔了舔嘴脣。他白了我一眼，要我不要在那邊裝模作樣，快點把這些東西摺完。

「我以為你是帶食物來給我？」

「那也要等你弄完，你根本沒什麼在弄。」

「你不覺得很奇怪嗎？」

「啊？」

「這是食憐花。」我舉起一個已經摺好的，三層堆疊而成的紙食憐花，底下的空洞顯然就是它的口器，「它用那個蜜，來誘騙獵物，但我們叫它食憐？」

「不就是因為這樣嗎？」阿魯停下手中的動作，看向我。

「況且，重點是——這個意思是，希望長者們能夠在地下世界不缺乏食物。」阿魯繼續摺起紙片，「大家都是這麼做的。」

「但為什麼？」我悶哼了聲，往後躺到沙發上，一堆摺好的紙食憐花從上頭掉到地板上，「為什麼大家都這麼做，就應該要這樣做？我就不想這樣做啊。」

「小時候我們長老都會說，做這些，是為了讓被留下來的人，能夠越過那些悲傷。我們是在製作一道門，讓自己可以從這件事情過去。」

「但我不需要啊，我到底浪費時間在這裡幹麼——他就是死了。」

阿魯沉默了一會兒，「不然這樣想好了，可能這是為了他。」

「你知道你剛剛違背了長老們的說法對吧？你不是長尾蜜族乖寶寶嗎？」

我撿起地上一朵紙食憐花，靠近阿魯的額頭，輕輕吹了一口氣。

阿魯翻了我白眼，「如果有這些東西，可能他在地下的路會走得更順？如果你覺得儀式不是為了你自己，那，就當成是為了對方吧。」

「講得好聽欸。」我輕哼了聲，看向他。

他嘆了氣，和我說了他的父親使用記憶蟲上癮之後的事情。他父親因為記憶蟲引起的某種幻覺，不斷喊著什麼捕蜂人捕蜂人的，一直控制不下來，最終發狂拿獵刀砍下了自己妻子的頭，提著妻子的頭跑回部落，告訴大家他打倒惡魔了。阿魯說這話的時候咬牙切齒，握緊拳頭，像是用盡全身力氣在抵抗什麼。我覺得我如果靠近他，碰他一下，他就會全身碎掉了。

「對，所以我應該算是比你更懂這些。」

阿魯大大圓圓的眼睛看著我，他看起來真的像是只要一個小小的觸碰，整個人就會粉碎。

而我從地板上靠向他，伸出右手扶住他的後腦杓——向前吻了他。

父親火化的祭典從祭舞以及祭樂開始，媽媽不知道這時候去哪裡了，我找不到她。阿魯黝黑的皮膚，還能看出臉頰上的微紅。他拉整自己的族服，試著不要太靠近我，但一站到我旁邊，他的小拇指就輕輕鉤住了我的小拇指。整座茅草屋火焰燃燒染紅了天空，我只感覺熱到想要脫下全身衣服。

我看著我父親朋友們賣命跳舞，甩火棍，乞求祖靈幫助，讓父親在地下的路可以一路燈火通明，無黑無痛。希望父親可以快點找到自己的門，從地下離開。我聽著他們用族語唱著那些歌，有好多部分我都沒有辦法確切聽懂——一旁的阿魯倒是已經聽得淚流滿面。

我實在是對這些東西都興致缺缺，便重新把記憶蟲放回背部，就算原本我可能會有興趣，大概也都被牠們給吸光了。

但阿魯在這裡，似乎這些俗不可耐的事情，忽然間也沒那麼不可理喻了。

當父親的遺體火化，火光竄上天際，整個祭典會場都熱得像是有人在這裡剖開了太陽——我被喚名向前，進入火場完全沒有任何傷損的長老，捧著一個甕從火焰重重的茅草屋走了出來。我被媽媽呼喚，要我跪到長老面前。我手裡捧起她拿來的甕，甕的熱度燙到我幾乎快要尖叫出聲，但我動也不動地接下這甕。那是以長尾蜜蛇的牙齒和骨頭冶製，足以經歷無數災難都不會被破壞。

長老舉起我的手，從我手臂上劃下一刀，又用自己的左手食指跟中指沾了我的血，抹起甕內的骨灰——長老在我的額頭，和我的下巴抹下一直痕，又在我的兩頰抹出兩橫痕。

祭樂震耳，族人們開始吼叫——隨後就是歌唱。

我愣在原地，深呼吸——不斷深呼吸。

我不確定究竟是發生什麼事情了，我忽然好想尖叫，我想把甕給敲碎，我想把那些骨灰都扔掉。我不想看到那些骨灰。

為什麼？我為什麼要在這裡？我究竟為什麼要參加這種荒唐、沒有任何意義的典禮？這有任何作用？

我被阿魯從跪姿拉起，轉過身，他擁住了我。他唱出的歌像是要把我的耳膜全給咬掉。

我大多數除了感覺憤怒之外，不知道其他情緒究竟是什麼，我無法理解它們，我無法說出那些情緒究竟讓我怎麼了，而這些都只會讓我更加憤怒。我一直試圖壓抑這些東西——記憶蟲，就是我用來壓抑那些東西的好玩意兒。從根源下手，阻止我的記憶誘發我的任何反應，讓我變成一個幾乎沒有什麼感覺的人。那是我的夢想。我想成為一個沒有感覺的人。

那我現在感受到的這些究竟是什麼？

阿魯擁抱我，和我說了什麼，我沒有聽清楚——我看著他那黑黑圓圓大大的眼睛，但我覺得我和他眼睛裡那個我，永遠不會成為同個樣子，他是因為那個樣子才靠近我的嗎？他是因為那個樣子所以才在這裡、才留下來陪我的嗎？

我推開擁抱我的阿魯——試圖用手用力抹掉臉上的骨灰，但我非常明顯感覺到它們因為我的動作而暈染開來。我低哼了聲，扯下身上的族服背心，用力在自己臉上抹。但不論我怎麼抹，都感覺那些東西還在。為什麼那些東西還在？在我試著抹掉臉上的骨灰時，我看到我的手一下消失，一下又恢復原樣，我的尾巴能力顯然快要失控了。但我克制不住，仍然試著想把骨灰都給抹掉。

阿魯用力抓住我的手，我推開他，他又衝回來抓住我的手，這次他抓得更大力。

他要我認真看著他，說我的指甲已經把自己臉上抓出太多血痕——他從腰帶抽出了一小個鐵瓶，扯下族服褲裙的一塊布，朝布料倒了些液體，我聞到濃厚的酒味。

阿魯伸出沾溼的手，在我臉頰上反覆沾抹了幾下，我因為刺痛悶哼了聲。

我低頭盯著比我矮了一點的阿魯，看著他替我一點一點擦拭著臉。

我的手從原先一閃一閃的透明狀態，慢慢恢復成原樣。
你可以不要繼續看下去了吧，這段記憶沒什麼好重溫的。
我覺得你看夠了。

07

我幾乎可以確定，阿魯是因為我的尾巴而介意我的。

大概百分之九十九——閉嘴啦，你難道有辦法真正確定什麼事情？

就如同他對尼達亞的介意——那種，因為一個對象，擁有自己沒有的東西，而認為對方任何比較有趣、厲害的地方，那個「魔法」的來源，都在那條條狀物裡頭。自己不願意承認，或許自己能力與其不同，或許每個人都該有自己的處所。

阿魯看著尼達亞的尾巴，不會只是看見自己的匱乏嗎？

那——阿魯看到我呢？他擁抱我的時候，真的是在擁抱我嗎？

他會看到除了尾巴以外的我嗎？

這跟我之所以決定要去除掉尾巴一點關聯也沒有——我想成為「沒有尾巴的人」，是從我意識到自己的尾巴就開始的。阿魯總是會說，我是不是想成為「一般人」，想成為在忘得窩地區生活的「那種人類」？或許有部分的我是如此，但更大部分的我，是早在知道長尾蜜後山之外還有另一個世界之前，就不想要我的那條黃色尾巴了。

不過真正要說，我究竟什麼時候「發現」自己想成為「沒有尾巴的人」——我不知道。我可以給你一些你會預期我有的說法，告訴你我是如何發現自己那條長尾蜜族少數後代擁有、象徵強大力量的尾巴，給我帶來多少不適；像是我小時候常常使用自己尾巴的能力，把尾巴隱藏起來，讓自己看起來和其他人一樣，之類的這種小故事。這些故事會讓你滿意嗎？這樣會讓你覺得說，喔，我之所以要做出一個對自己人生很重大的決定是有原因的，是有理智邏輯的，而不是一時腦袋壞掉嗎？

更不用猜了——這和我之所以對記憶蟲上癮，根本沒有關聯。很多人會認為，成癮這東西就是導致你人生破敗的罪魁禍首，你只要把成癮戒除你人生就不會破敗了。這種歸因方式就像是你看到了臉上的痘痘就擠，而忽略其他底下一堆蠢蠢欲動的粉刺——很多時候，是因為人生已經先破敗了，惡習才會擺脫不掉。你就算現在戒除了一個，也只會有別的惡習替換過來，你就只是不斷在跟惡習玩大風吹。

可能你會想說，就連你這種跟長尾蜜族沒有接觸的人，都耳聞過「尾巴」的魔法，我怎麼會不想要這個東西？這麼好、這麼優勢的東西，我怎麼可能捨得放棄？

是這樣的——「尾巴」是長尾蜜族祖靈們所擁有的特徵，在那些祖先記錄的圖騰上，有的尾巴拿來作戰，有的尾巴拿來保衛，有的則擁有特殊的治癒能力。尾巴是比長尾蜜族一般能夠使用的魔法都還要複雜的東西，我反正是聽不懂，但長尾蜜族長老們總是說，那是比現在的魔法，更貼近祖靈的東西。我不知道。我就是不在乎那些。我就是很討厭那條尾巴。

也不是說我討厭所有有尾巴的族人，雖然年齡相近的，也只有尼達亞還有長尾巴了，更年長的有些早就去忘得窩做了移除尾巴手術，後來的長尾蜜族幾乎沒有自然誕生的青年有長尾巴，我就是個特例。但我從來沒有討厭過別人的尾巴，不論是在口述紀錄中，年長的族人談論著從前那些長有尾巴的族人多麼風光，或者尼達亞的尾巴三不五時就靠過來想要纏上我身體，那些我都不真的討厭。我討厭的是，我自己的那條尾巴。

你可能還會問——如果你都能把尾巴變成隱形的了，就不會有人發現，那你有什麼好切掉尾巴的？阿魯也問過一模一樣的問題。當時我氣到無法做出任何回應，只能對他吼叫，整個人隱形起來跑走。但我想現在我多少能夠回答那個問題了。如果我可以讓每個人都看不見它，為什麼還要切掉尾巴？因為就算沒有人知道，我也知道它還是在那裡。

阿魯像大多數的人，在知道我意圖切掉尾巴之後，他的說法大致上有，你為什麼要做這種自殘行為？你為什麼要閹割自己？你為什麼要放棄原本擁有的美好未來？你這樣做是想證明什麼？你這麼做是想要混入一般人類的世界嗎？他們也不會把你當成是他們這一類。他們永遠不會接納你。你知道你會被他們當成什麼嗎？狩獵者。你會被他們當成是要傷害他們的、偽裝成一般人類的怪物。

但一開始不是這樣的。在父親死後，我便離開了長尾蜜後山，被母親安排到忘得窩大學附近的研究院。我在那附近住宿兼參觀進修，過幾年後我就可以申請進入學院唸書，大多數時間我都待在忘得窩動物園做志工——在第一年到第二年間的時候，阿魯每週都還會特地更換證件，從長尾蜜後山外出來我的宿舍。在那兩年多的時光，我們一起去過好多場合，與一些忘得窩大學的朋友交流，我都要以為阿魯對這外面的世界都會改觀了。

我沉溺在「阿魯可能改變自己的想法」那個可能性中不可自拔——我看到阿魯這麼愛忘得窩動物園內的動物，那些原本應該是他全心全意抵抗的，忘得窩製造的動物們。他和那海怪那麼親暱的模樣，他笑得那麼開心——我以為那是他的改變，那也讓我想要成為更好的人，更適合他的人。

待在阿魯身邊，我一輩子也不可能成為我想成為的人——這我很早就知道了。

阿魯的世界對我來說一直都很像打單機遊戲，有很簡單的目標、需要收集到的材料、魔王一定是壞的、勇者就是一定要救回公主。但那時候，我不知怎麼地，看著阿魯的笑，就完全忘記了這些事情。

我很想推卸給記憶蟲，畢竟長期使用記憶蟲導致的各種記憶空白、錯置，影響了我感受現實，感受情緒的能力——可是我十六歲正式和阿魯認識，不得否認，即便我已經先知道了那些，我們彼此的創傷，反而讓對方都找到了一個以為從此就能被理解、安慰，修復之前發生過的傷害的那種幻覺。被放逐的少年之愛，榮耀非常。

榮耀是個問題，你很容易因為它而產生了什麼高亢的情懷，認為自己付出更多，更努力想要成為一個，你不是的模樣，來「榮耀」彼此。但人的韌性是有極限的，我原本就已經是一件很殘敗的衣服，拉一拉，很容易整件就扯壞斷解。

被放逐的少年之愛，榮耀非常——我以為我可以為了他，成為那種我無法成為的模樣。

十六歲離開長尾蜜後山後，我和阿魯開始寫信——因為阿魯不使用科技產品，在長尾蜜後山幾乎所有科技產品都會失靈。我必須每週把信件投遞到長尾蜜後山結界外的郵筒，郵筒會直接傳遞到阿魯所在的地方。而阿魯寫好的回信則會在每週來我宿舍拜訪時會帶來給我，也有時候他會參與我的日常生活。

你看現在我們所在的場合——忘得窩動物園。在十七歲的時候我開始在忘得窩動物園打工換宿，順便累積忘得讚點數以免沒飯吃，雖然忘得窩政府機構每個月都發給所有長尾蜜族忘得讚點數津貼，除了每週額外的一百點生活補貼之外，透過長尾蜜族的身分，使用忘得讚點數都有優惠折扣，進入許多館內都是免費的。

在長尾蜜後山以外，如果想要看原生動植物，只能朝動物園、植物園尋找，這些都會花上你一點忘得讚點數——就在我和阿魯詳細解釋外頭的世界是怎麼運作的時候，他只會三不五時提出他對忘得窩以及外面世界的成見。

「但那些也都不是原生動植物了。」阿魯指的是，忘得窩特地將動物園區內屬於忘得窩專利的復育標記改成無法顯色，因此忘得窩專利的忘得藍，一種我有時候都會覺得比天空海洋還要更寬廣的藍色，在忘得窩動物園內的動物都不會顯現出牠們屬於忘得窩的專屬標記。

或許我後來花了那麼多時間討厭阿魯的其中一個因素，是因為在這個時候我就知道了，我可以幸福的，只要對於阿魯的任何事情，我都把眼睛瞇得更小腦袋關得更小一點就好了。我的意思是，阿魯說話的出發點，來自於一個長尾蜜族的立場，那是他的核心、他所有話語的原點，他並沒有說錯。忘得窩動物園內的動植物，都不是原生動植物了。

但忘得窩想表示的，或許是他們試圖要重現原生動植物給從未親眼見過這些東西的人民觀看理解，當然他們也知道只是取消顏色商標，他們仍然不是那些原生動物，但那是一個示意，一個表示，告知我知道我做不到，但我仍然努力了。阿魯就是不容忍任何人的「不夠努力」——而他認為所有沒有做到的事情都只是不夠努力而已。

如果我可以瞇著眼，不去看阿魯說出的那些話中，隱含了什麼樣恐怖的種子，像是不去看阿魯慣性忽略沒有才華、資源可以「努力」的人，或者阿魯把一個生命能夠多為那個他所喜愛的長尾蜜系統犧牲奉獻、能多符合這個系統的需求並視作是否能被稱為是一個「好的人生」——如果我不去看這些大半部分的阿魯，我就可以看到那個，很可愛，很想被愛，還是擔心自己長相不夠好看儘管明明自己超好看的那個幼澀少年。

我在想當初的少年，這裡指的是我，應該是從頭瞇眼睛到尾，才覺得阿魯出現只是造成我的幸福，阿魯是自己的未來——又是從什麼時候開始，我疲倦於把眼睛瞇起來看他的呢？是從什麼時候開始，我想看清楚全部的他？還是我從來都沒有勇氣想要真正、真正清醒地，看著他？我害怕我看了，他會看穿我所有的偽裝，發現我的軟弱？還是我害怕的是我會看見所有我無法忍受的部分，而我又將孤苦一人。

我又想要用記憶蟲了。

是因為我用了瞇瞇眼的方式在看阿魯，我才沒看見那些其他我選擇刻意不要看見的，那些終究幾乎毀了我的東西嗎？是像阿魯說的，我總是刻意不迴避危險，因為我需要危險嗎？但為了什麼？為什麼我需要危險？阿魯——是我的危險嗎？

在忘得窩動物園區的我們，阿魯綁著他的馬尾，準備面對喜歡他的那隻海怪，即使我不願意承認——我喜歡極了那個畫面。

忘得窩動物園區復育了的那隻海怪不知道為什麼很喜歡阿魯。在阿魯和我之前，原本是該交給跟我們同族、大了我們幾歲的女孩班比來做這件事情，但她一看見海怪就哭，我開始加入志工行列後，忘得窩動物園長官們發現我與海怪處得很好，便更換了業務。班比的業務已經從照顧海怪變成照顧我和阿魯。

我和海怪相處得很好，而我尾巴的特殊能力和海怪的能力有關，我花了很長時間才搞懂這件事情，畢竟在很早期的紀錄中，海怪墨水就是用來隱藏物件的——這不重要。自從阿魯開始一同和我來忘得窩動物園後，餵食的工作都交給了阿魯。海怪很喜歡阿魯把頭髮綁起來的模樣。

前幾天海怪很暴躁，聽說已經吞掉好幾個員工了，當然牠都有吐出來，牠也沒有真的吞下去，否則員工早都就被牠的喙給咬爛了，哪還能安然地逃脫？況且也不太可能真的有機會逃脫，忘得窩動物園周圍設置了數個「安全防護措施」，那些門都加裝了只會對忘得窩製造的動物產生的電流，逃脫大概是不可能的。

原本我是這樣想，不過阿魯第一天到動物園，在海怪園區的圍欄旁看著控制主電流的裝置，說道長尾蜜後山有一堆方法可以弄壞這裝置讓忘得窩動物園的動物都能逃脫，我才想起來長尾蜜後山裡頭的那些動物，多數動物都有著特殊的功能，像是人面蜘蛛的黏液就能腐蝕掉大多數物體。

現在的動物園，陽光有點小，烏雲遮起，幾乎像是快要下雨了，好不容易稍微安靜了的海怪又開始暴躁起來，海水不斷湧動波濤——阿魯把有點生鏽的鐵製推車推到了海怪園區，裡頭除了幾塊切好的魚肉之外，還有幾顆加菜的大羊頭。海怪的觸手從水底竄出，先是在我臉前停住，接著觸手很快地移到阿魯面前，就在我深呼吸希望不需要逼迫我傷害牠的時候，牠的觸手轉彎了，把推車裡的肉捲走好多塊。

五十一條巨大觸手和我非常確定是兩百一十三顆眼睛的海怪（忘得窩教科書上是這樣寫的：深海巨怪，根據忘得窩動物觀察員的手寫日記記載，有二百一十三目，五十一條觸手，其中兩條觸手能做為生殖使用，生殖完畢即會斷裂，斷裂的生殖觸手會長成新的深海巨怪，成年後便會捕獵親生父親，至死方休。善隱形，長滿利牙的排泄進食口內，有一墨匣，其墨水能使人暫時隱形，並且失去異能，原生居民用以隱藏自身能力）——這樣長相怪異的海怪，雖然是由忘得窩復育而成的，仍然是個硬要稱讚外觀，就只能說是不至於把成年人嚇哭，但絕對會把小孩嚇哭的長相。

不過阿魯就這樣撫摸著海怪的觸手，一副他們認識很久的模樣，明明也才沒幾天，我甚至不知道他一邊看著我，一邊在笑是笑什麼意思。

同樣是長尾蜜族的班比站在一旁，要不是她忽然說話，不然我真的是要忘記她在那裡了。我對一般人沒什麼太大的反感，但我不太喜歡班比——班比是那種很浮動的人，她總是要我多愛自己的尾巴，像是我對我的尾巴有什麼意見一樣。她又知道了？

「他很開心欸，很少看到他這樣。」

班比在長尾蜜後山就已經和阿魯相識，印象中在阿魯和我通信的內容裡，阿魯曾經參加過班比的成年禮，班比有長尾蜜族的巫師血統——我聽到這就喊他閉嘴了，所以我到現在都沒有真正知道他們的關係，只知道他們從小就熟識、班比有個族人女友，還有班比是長尾蜜族的巫師。在阿魯來忘得窩動物園擔任志工的時候，聽著他倆常常出現的小圈圈笑話，我真的是慶幸我總是把記憶蟲放在我的身體上，讓牠們吸食我的記憶，淡化我所有感覺。

「哈是喔。」我不太想回應班比，根本和她沒啥好聊的。

「是因為你喔。」班比說道。

我搖了搖頭，回應，「難得離開後山那鬼地方，很自由才開心吧。」

「是你喔。」班比笑著說起來，「我從沒有看過他笑得這麼開心，在你身邊讓他很開心。這都是你的功勞。」

阿魯還在餵食海怪，他拿起巨大的羊頭，丟到空中，讓海怪觸手接住。海怪似乎很愉快，搖晃了身體，讓整個海水大量湧出。我看向地板，一時之間不知道如何反應班比剛剛說的那些話——她到底說那什麼鬼話？什麼叫做都是因為我，難道他的快樂是我的問題嗎，那沒有了我以後他的快樂要怎麼辦，我現在是需要負擔那些責任了嗎？我可是記憶蟲上癮啊該死——我瞪大雙眼看著前方的阿魯，很明顯感覺到自己呼吸開始變得急促。所以我要戒掉記憶蟲嗎？我要為了變成可以讓阿魯更幸福的人，而變得更好嗎？

那到底是什麼鬼話。

我口袋的手機在我看著海怪一大口吃掉整顆羊頭時響起，我脫下塑膠手套，從牛仔寬褲右口袋掏出手機，看了螢幕，上頭顯示了一則來自忘得窩的訊息。我急忙滑開訊息，內容是我前些日子申請移除尾巴手術的通知結果，我忍不住尖叫了聲。海怪還忽然整身浮出水面，牠大大的雙眼盯著我瞧，我這才意識到我剛剛發出了這麼不恰當的聲音。

阿魯這時候滿臉笑意，問我簡訊內容寫了什麼。

我告訴他，那只是忘得讚通知，說我的追蹤人次變多了而已。

吃完食物的海怪不知道為什麼特別興奮，一直把園區內的海水湧出來。我試圖和牠交涉，用我學到的一點點海怪語，但顯然牠完全沒有打算理睬我的意思。海怪的觸手開始四處攻擊員工，大多數員工都是機器人，現場能算上是人類的也只有我、班比、阿魯。在我的阻止失敗下，阿魯跑到了岸邊，對著海怪大吼了好幾句，我確定那是海怪語——奇怪阿魯什麼時候學過海怪語的？他為什麼要學海怪語？

最後阿魯喊了我的名字，他最喜歡當著大家的面喊我的名字，彷彿他這樣就比任何其他人都更擁有我一般。他爬上海怪的觸手，朝我伸手，一副我需要他才能爬上海怪觸手的樣子。

我和班比爬上了海怪。班比，一個同樣是我們族類，但比我們年紀都還要大，已經在忘得窩動物園工作的員工，一臉我們究竟在做什麼荒唐事情的表情。我和班比看著阿魯，一時之間不知道究竟該怎麼做。

「他說他想玩。」阿魯說道，重新綁起自己的長馬尾，將它綁成一顆包包。

「玩什麼？」我回過頭看著阿魯，不太確定自己有沒有聽錯。

「我也不知道。」阿魯笑起來，捧著我的臉，又大喊了一次，「我、也、不、知、道——」

阿魯話才剛說完，海怪就把我們從他觸手上拋起，拋起的力道之大，我非常確定我們閉上眼睛可以假裝自己是飛起來了——海怪在我們墜下時用牠軟滑的觸手接住了我們，又一次把我們拋了起來。就這樣一路大笑的阿魯，翻了白眼不耐煩的班比，和我。在這過程中，我一直，一直看著笑得那麼開懷的阿魯。

在長尾蜜後山，我從沒看過他笑得那麼開心。阿魯指甲挖著長尾樹，從樹中取蜜太久了，指尖即使清洗乾淨也仍然那麼甜蜜，他身上有沒有辦法剝下的蜜。我看著阿魯在笑，他笑得那麼好看，我想要一直讓他這麼好看。

我瞪大雙眼。該死，該死——該——死。班比說的話可能沒錯。該死。

海怪把我們拋回地面，我和阿魯都完美落地，班比滑落進水池中，又被海怪扔了上來，還一臉快樂的樣子。我躺在池邊，單腳泡在水池內，深呼吸了好幾次，尾巴從褲子內的綁帶間滑了出來——我才剛要收回尾巴，阿魯就摸上了我的尖尾。我的尖尾色澤是比較深的黑色，這時候我整條尾巴已經看起來都是淺黃色了，鱗片周圍閃著銀光。我的尾巴在水面拍打著。

阿魯摸著我的尖尾，那尖尾是三角形的，在我們——不，在長尾蜜族，是不幸的象徵，也是幸福的開始。長尾蜜蛇的頭形就是接近三角形的。我父親摸著我的尾巴的時候，總是說著，我要自己決定這個東西代表了什麼。尾巴不能定義我，是我的所有行為來定義我。

「你還有繼續用嗎？」阿魯忽然問我。

側過頭看向阿魯的我，皺起眉頭，原本馬上要說出我沒有在用我早就沒有在用了儘管到剛剛我都還享受那被記憶蟲淡化掉所有感覺的快感——我深呼吸了一口氣，翻了阿魯一個白眼，點了點頭。

我原本以為阿魯會哭，但阿魯沒有——在我的想像裡，阿魯會抱著我，哭著我對我說，他沒有辦法和一個有一天用記憶蟲用到會像自己爸爸一樣被捕蜂人弄瘋的傢伙搞在一起，那太痛苦了，我讓他太痛苦了，他不是為了認識我然後要和我分離的——阿魯沒有說出任何我原本預想他會說的話。

我還寧願他符合他原本狗血死板的個性，多說點什麼——說要我停止使用這些東西啊。說他想要我，想要我到他害怕記憶蟲會讓他失去我。

但他只是站了起來，轉過身看向眼前除了水之外看起來什麼都沒有的池子，呼喚了海怪。當海怪從池中又一次爬了出來，巨大的身體和那兩百一十三顆眼睛居高臨下地看著我們——阿魯只是背對著我，什麼話也不說，他用衣袖擦自己的眼睛，我不確定是有東西飛進去了或怎樣。阿魯回過頭看向我，笑了起來。人工太陽把他照得真的太像是剛剛哭完似的。

海怪把他拉去玩耍了——他們在泳池上嬉鬧，阿魯把海怪的觸手們當成是跑道，他在上頭跳來跳去。

站在下面的我抬起頭看著快速奔跑的阿魯——我低下頭，扯下了在我腰際的記憶蟲，我放牠在手裡端詳。這隻還很年幼，是我先前繁殖的中等大小記憶蟲，目前比較常被我使用在志工場合，因為在這裡我通常還沒有很需要忘記太多事情，感覺也沒有複雜到讓我想要全都消除。我現在後悔了——阿魯來了，我怎麼沒有開始帶更大的出來？現在我必須要把所有的都給扔了。

我悶哼了聲，把牠隨手扔到垃圾桶裡。

才一丟，我就忍不住又回頭翻找垃圾桶想把牠給找回來。但就算我四處翻找，還把垃圾桶內的東西都給倒了出來，除了手掌沾到一些其他垃圾的黏液外，我什麼都沒抓回——我低吼了聲，回過頭看向正在把海怪當成是操場在跑步跳躍的阿魯。

我抬頭盯著那太陽——人工太陽有種很美麗的色澤，忘得窩專屬的那種銀藍色光輝，在忘得窩復育的動植物上，通常需要在有光照反射且波動的情況下才會顯現。但人工太陽不同，人工太陽隨時都在燃燒，隨時隨地都會閃現一些銀藍色的光芒，我以前常常看著那顆太陽，看到眼睛都流下眼淚，還要瞇著眼睛繼續盯著瞧。

好刺眼啊——我瞇著眼睛，想把那顆太陽看得更仔細。

08

以前我很愛聽故事。

我會躺在父親的床邊，要求他說故事給我。長尾蜜族每一任頭目交接，都會留下一本口述紀錄本給下一任繼任者，裡頭詳細紀錄了這麼多年來長尾蜜族替自己的民族記載下來的生活紀錄，裡頭包括了族民歷史、動植物生態、長尾蜜後山的地圖、食譜、民謠樂曲、文學藝術作品等等。每一任繼任者都共同主筆了這本口述紀錄本，我父親常常到外頭打獵，也都在記錄各個聚落間的故事。

我會在晚上爬上父親的床，用尾巴拍打他的臉，要求他唸故事給我聽——我聽過好多故事，像是白長尾鯨總是一對一同出現，因為長尾鯨的尾巴和身體幾乎一樣長，從山上看下去就像是一隻在海裡的白色蝴蝶。他總是說，長尾鯨是我們的祖先變成的，有一對熱愛彼此的長尾蜜族人，屬於分裂的兩個部族，一名是生來帶尾的少年，一名是沒有帶尾的少年，他們不能相守。他們試圖逃離族人的追趕，一路往山上奔去，最後被逼到了山崖頂，他們跳了下水——成了第一對白長尾鯨。

父親從來不告訴我捕蜂人的故事，儘管我一直對族裡長輩們避而不談的那個話題很感興趣——透過我東拼西湊的結果，我很小時候便自己湊齊了故事大致的樣貌。捕蜂人，是寄宿在記憶裡的惡魔，但還有另外一種惡魔也會因為記憶蟲而跑出來。我都形容牠們是時鐘猴子。你愈是回望，愈被牠們的尖爪抓得死牢。殘缺不全的口述紀錄中，僅能推敲出他們所說的，那些惡魔，長相是有一點點像是猴子的，但原本該是眼睛的位置卻只有時鐘，裡頭有不斷快速轉動的指針。牠們有尖牙，利爪——長老們都說，捕蜂人的作用，就是打開記憶和現實的通道，將那些時鐘猴子送到你的現實世界，讓牠們影響你對現實的理解。

剛開始使用記憶蟲時，我都想那不過就是說得比較神祕的廢話罷了——當記憶蟲用得夠多夠用力了，牠們吸食記憶時釋放的酵素體液，會濃密到可以暫時讓你完全忘記自己究竟在哪裡，你會有好幾個小時的時間，幾乎腦袋變成了一張不會有字寫上去的白紙。我總是想，那些文獻只不過是用比較漂亮的方式形容了一個很正常的現象：那些用了記憶蟲的人，會因為記憶蟲的效果，而魂不守舍，心不在焉，一張開眼就天黑。

那些時鐘猴子影響現實什麼的，根本就是個無聊的隱喻，現實之所以被影響，就是因為長期使用記憶蟲後，牠們的酵素會改變使用者理解現實的能力，很可能會出現幻覺、幻聽、失憶、精神瘋癲等狀況——我想那只不過是長老們寫下來，為了嚇唬小孩所寫的寓言故事罷了。

故事是什麼？故事是我們遭遇一些事故，而希望透過某種方法，理解那些事故之所以發生的緣故——故事是我們合理化同時規則化我們自己生活的方式。故事告訴我們，什麼路可以走，什麼路不應該走，故事說使用記憶蟲會出現的捕蜂人是惡魔，為了召喚其他惡魔來毀掉你的生活——不要用記憶蟲，不要成癮，不要墮落。

配對一次終生的長尾鯨，是愛的證明——如果你們之間真的是愛，那可以克服一切，儘管你需要從人變成動物才能脫離迫害，但至少你們還相愛。愛很重要，對吧？對吧。這些故事都只不過是人類試圖催眠自己：所有發生的事情都是有意義的。之所以你受苦是有原因的。故事，只不過是個謊言。

直到我自己看見那該死的東西。

那是我開始更用力思考，要執行移除尾巴手術後的日子。

十七歲末半，幾乎快要成年了，我終於要被法律認可我擁有對自己身體的自主權——你有發現嗎？當你在要解決一件事情之前，你會很慌，想這個想那個，但你就是不會去想到要怎樣解決那件事情。你會緊張到不行，每天都覺得有一百顆石頭會從天上掉下來砸到你頭上。但當那件事情的截止日到了，忽然間那些石頭都變成棉花，你心跳平順，腦袋一片清明，你又能看清楚眼前的世界了。

卡在十七歲，我還是慌到不行。快要成年，但還沒有成年，決定的時間必須要在十八歲成年後盡快完成，根據忘得窩的研究，長尾蜜族尾巴與身體的密合度，會在二十歲後完全密合，體內會有另外一個細管，連接住脊椎和尾巴，那一條小小的細管就像是傳遞能量的線——到那時候才來切割尾巴，就會變成高風險的手術了。

阿魯已經不在我的生活中——我不想多提，不要問，你也別想看。總之，這個時刻，我一個人在外，媽媽對此完全沒有任何作用，我父親已死，唯一一個重要的對象不在我生命中了。各種負擔讓我無法保持清醒，我每一天腦袋裡都是阿魯說他受不了他不能繼續下去他希望我死掉的那個表情，我記性好到像是腦袋裡建了一臺小型錄影機，不斷在我腦中回播一模一樣的畫面。他牽著我的手他抱緊我他求我不要那麼做他吻我他吼我我吼他我們互相嘶吼我們在大雨下互毆然後他說他要走了他要離開這個噁心骯髒的人類環境回到他真正的家裡——他說，認識我是他這輩子犯過最大的錯。

我從長尾蜜族後山離開，偷走了巫師家中的玻璃罐，裡頭有三隻細小的，幾乎才剛繁殖成體的幽佛栗芽血蛭。那些幼蛭，被我在這一兩年慢慢養到手指頭大小，也已經要繁殖下一代了。我將兩條記憶蟲另外用更大的玻璃瓶裝起來封起，讓牠們在裡頭自行繁衍。我當然是丟了自製的漂浮莫絲球，這樣牠們才會願意產卵——我主要使用的是同一隻記憶蟲。

原本我用得很節制——一天一次，可以不用就不用。通常我會在我要睡覺之前使用三十分鐘，將牠放到我胸膛，讓牠把我整天經驗的事情全都消淡，讓我對那些記憶都不再有任何感覺，這樣我才有辦法入睡。一開始是這樣的，我一直努力到阿魯完全停止了和我的通信以及見面為止。

讓我對記憶蟲更加依賴的並不是單一事件，沒有一個單一事件會讓人從原本不需要記憶蟲到忽然每天沒有五隻黏在胸膛上無法入睡。儘管我想全都怪罪於阿魯，但我夠聰明，我知道他不是我唯一的問題——這麼講就太愚蠢了，我夠聰明，我知道我復發完全就是因為阿魯。

但我也知道，就算這次不是因為阿魯、就算我和阿魯相處融洽，有一天我還是會復發，我會因為其他事情而重新用起記憶蟲。阿魯只是在我十六歲時，讓我覺得我應該要為了他戒除記憶蟲——而他現在不在了而已。

離開長尾蜜後山後，我才發現外面這個忘得窩的世界，以原先長尾蜜族觀光客的角度來參與，是很繽紛有趣的。透過觀光客卡片，我們可以快速通關大多數地點，也有足夠的忘得讚點數能夠點餐、購物。阿魯偶爾出來找我，我們除了去忘得窩動物園擔任志工外，也會去其他區域參觀，在忘得窩大學也沒有受到任何異樣眼光，反而大家常常看到我們手錶上的觀光客紀錄，就會想要和我們拍照紀念。

但以居住身分參與忘得窩的這個世界——也不是說我從來沒體驗過這種感受。從前在長尾蜜後山居住，身邊都是族人，儘管他們三不五時要向我提起族內長遠的歷史、偉大的尾巴、重要的維生工具，是我的魔法來源，多少人想要能生來就擁有尾巴。但儘管強調尾巴的重要性，在長尾蜜後山，原本就已經是有尾巴和沒有尾巴的族民共通生活混合的狀況了，生活是沒有區隔的，有的只有有尾巴的長尾蜜族原本在族內階級中是貴族這回事而已。

但在阿法爾忘得窩首都，我待的忘得窩動物園坐落之地，光是這裡城市內的民生設備，就都有區別——我的望得錶從我變成居住身分後，閃爍的是一種刺眼的黃光，我因為和阿魯的爭執後沒有心力搞清楚任何東西，也沒去管那手錶的變化。在我第一次以居住身分前往忘得窩圖書館，想翻找長尾蜜後山的資料的時候，我站在圖書館門前，我的忘得錶卻怎麼都刷不過去。

說實在話，我可能也有些錯，因為當那個帥警衛走來，我直接要他滾開——不然你要我怎樣？我們是長尾蜜族，警衛就意味著忘得窩要侵略我們啊。好吧，這藉口說了連我自己都不信。我單純就只是覺得他長得太像阿魯，我不想靠近任何會讓我想起他的人。

我在原地翻找自己的包包，確認自己有帶證件，也確定手錶沒有故障或沒電。我試圖向我身後的人詢問，但他對我搖了搖手，接著搶過我的位置，刷了卡就通過走道。下一個女士也是給了我同樣的手勢。下一個非二元人類也是給了我那樣的手勢——我低吼了聲，搞不懂明明我一直都把尾巴隱形起來，還會出這種問題。我轉過身，和那個盜版阿魯警衛揮揮手。

警衛笑著走過來，把我帶到另一旁的走道，走道是深黃色的，色澤看上去有些像是阿皮司西邇納蜂的黃條紋部分。他在那裡問了我一些問題，我真的完全搞不懂我只是想要進忘得窩圖書館而已，他哪裡來這麼多像是我幾歲、住在哪裡、有沒有男友，還有我看起來真的非常像是一般人類，很棒，他很喜歡——喔，現在這樣回顧自己的記憶，我知道他那時候在想什麼了。這不能怪我，要怪就怪那個我們現在沒有打算要提及的阿魯，都是他的錯。

在那個走道邊的感應卡區域上頭有許多符號，我沒來得及確認每一個代表物件，就被後頭其他人給推進館內，我後頭是個人身魚頭的傢伙，我下意識地聞嗅了自己衣領的氣味——意識到自己這行為有多糟糕，我小心翼翼地放下衣領，假裝我剛剛什麼事情也沒做。我在大圈轉了兩圈，走到圖書館中心的植物庭院，挑了張藤椅坐下。

我回想剛剛在我視線裡的東西。那個感應卡區域上頭的圖案有……水龍頭、長尾蜜蛇、被切下來的長尾蜜蛇尾巴、望得糖、半人半馬、貓、樹、一顆全黑的眼球——我說過了，我記性好到不行，你看起來也不用這麼驚訝吧。

我抬起頭看向圖書館大廳，我視線從左側一路繞到右側，再站起身往另一面的左右也掃視了一次——我看到剛剛那個魚頭人身的傢伙正在和一位女性人類牽手，她右手上有紅色錶帶的望得錶，不要以為我能從外觀推論陌生人的性別，是因為所有的女性，望得錶都必須是紅色的。我看見兩名人類少年手牽著手，藍色望得錶和藍色望得錶在他們手擺動過程中同步發出光亮，像是在證明他們的戀愛數值一樣。我還看到一個坐在輪椅上，雙眼全黑的老人，被推著進入了圖書館內。

有個人頭馬身，很顯然是執行變成動物手術失敗後的人，漫步在圖書館內，販售圖書電子書籤，那是一組一個，放在你的食指尖，會自動記錄你想記錄下的頁數、句子，能直接與你的望得錶連結，還能記錄你的實際動眼速度。這幾年忘得窩在推廣紙本書籍閱讀，由於忘得窩製造出他們宣稱絕對不損害世界的紙類後，大量印製了所有先前早已雲端上傳的書籍，希望能使大家重拾紙本閱讀的感動。這間圖書館，也是第一座擁有所有雲端書籍的紙本版本的圖書館——這是我在離開長尾蜜後山後，待在忘得窩大學宿舍，準備要提早入學時，所找到的資訊。

我瞪大眼睛，看著在圖書館內的這些人。也不是第一次看到這樣多元的環境，更不是第一次知道這些相關措施以及背後的成因，忘得窩總是有各種說法來解釋每一次頒布的政策，每一次的權益更動、改善，都有很強而有力的道德論述在背後支持。我原本以為我不會有什麼特別不同的感覺——確實，我為了融入社會，我把我的尾巴藏在褲子裡，更多時候整個隱形起來。我穿著盡量穿得像是時下同齡的人會穿的模樣，甚至剪了中分燙了微捲頭髮，戴了我根本用不到的眼鏡，和那寬到不行的衣服。

我明明，做了一堆事情，還疏遠了阿魯——想要融入這些人。想要融入這個地方。

我從圖書館中庭的庭院藤椅站了起來，直接衝回宿舍。

回去的時候，我翻出冰箱內所有的玻璃罐，抓出三條記憶蟲。那是我第一次把那麼多成蟲體型的記憶蟲放到我光裸的胸膛上。

捕蜂人是在過了幾個禮拜之後第一次出現的。

我找到了在這個世界上的生存方式。我的記憶蟲繁殖得非常好，我在家中替牠們蓋了一座小池塘，讓牠們可以盡量增產報我。我進食，去忘得窩動物園參加志工活動，和班比閒聊幾句，我超會閒聊的，我根本就是世界上最強的閒聊大王。因為我出門時都會將記憶蟲黏到身上，讓飢餓的記憶蟲整天都可以吸食我的記憶，讓我對這一切垃圾事情沒有任何垃圾感覺。我根本不會記得這些日子，記憶蟲確保了我使用牠們時，我對現實的記憶是被打散切開，變成一團又一團，難以辯證的。

好吧，雖然這也是現在為什麼我這麼辛苦，一針又一針被灌回記憶的原因。但在暴風雨發生的當下我撐傘又沒有雨衣，你真的不能怪我餓到不行硬要去忘得窩販售部兌換餐點——這是個比喻。

忘得窩動物園內，海怪顯然已經對我感到厭煩，牠仍然不會傷害我，但牠看我的眼神，我知道牠在想些什麼。在牠扯掉一條黏在我胸膛上的記憶蟲，把我白天的快樂來源直接吃掉——我對牠大吼大叫，牠潛回水中，只露出一顆大大的眼睛。我對牠用了我學習很久才稍微懂得一點點用法的海怪語，告訴牠牠沒什麼資格評斷我，牠是被忘得窩製造出來的海怪，甚至沒有同族。你永遠都會是你自己一個。

我對我說的話沒有很驕傲，但希望你記得——那時候我還在嗨。記憶蟲擾亂了我的腦袋。

這麼說不是為了要迴避我的過錯——在當下我當然不會體驗到這些過錯，我做任何事情都有原因、都是正當的，這是我那時候的確實想法。但你要想想，現在我一個人，被困在這個該死的醫療室內，一針又一針針劑，一點又一點恢復我原本的記憶，讓我早就因為記憶蟲酵素髒亂渾濁的記憶愈來愈清楚——說這些，不是在告訴你，我正在付出我從前揮霍的代價。我是想要告訴你，我沒有要躲在記憶蟲後面，我沒有要躲在什麼創傷後面，我已經知道我的行為就是我的行為，我是在試圖面對這個行為。

我所要求的，只有你多給我一點點耐心——不要把你接下來將看到的，各種我最糟糕的一面，當成就是我的全部，把我壓縮成那一個小小的我。

那一天我把我和阿魯這一年多來的信件都放到一個木箱內，還放了一些他給我的東西，小刀皮革，皮革當然是用長尾蜜蛇製作的。綁頭髮的髮帶、內褲、襪子、幾本長尾蜜族的口述紀錄紙本——我最後還是把口述紀錄從箱子裡拿了出來，踢進我宿舍的床腳下。我看著那根本不用什麼力氣就能扛起的木箱，真不敢相信，被放逐的少年之愛，如絲單薄。

我抱著那木盒，在凌晨爬進忘得窩動物園內，通常如果我真要躲藏的話，大多數人和機器都找不到我，隱形的能力畢竟還是滿好用的，前提是我要整個人都隱形起來，不能只有尾巴不見，這是我那天忽然發現的，否則原本我還打算直接闖進去——不要怪我，記憶蟲那時候爬滿我的全身，我幾乎無所畏懼、目中無法。

我爬到海怪動物區，那是我和阿魯最常待的地方，因為他和海怪那莫名其妙的友好關係。

海怪注意到我來了，從池底游起來，張開牠那最大顆的眼球。牠試著靠近我，但觸手一碰到我就馬上彈了回去，只能說海怪擁有過人的直覺。

我放下木箱，朝木箱裡頭淋了些油，最後拆開一小盒火柴，把裡頭的小火柴都扔進木箱中，只留下一根火柴。我向火柴盒右側摩擦處劃了一下，焰火燃起。我把火柴扔進木盒，沒過幾秒，木盒就燃起大火。

我看向海怪，走近了牠，撫摸牠其中一條觸手——牠一副疑惑的模樣。我從口袋掏出一把刀，在海怪還來不及反應之際，直接切下了牠的一條觸手，那觸手上頭還有一顆正在轉圈圈、很震驚的眼球。我舉起那條正在地上跳動的觸手，海怪已經退到池內，我從左口袋抽出一個塑膠袋，將觸手眼睛扔進裡頭。

你可能以為是捕蜂人讓我做了這些事情——我也很想告訴你是捕蜂人害的。但我在這時候都沒有看見捕蜂人，儘管我背上已經黏了八條記憶蟲。

我看到捕蜂人的時候是在隔天。我一大早起來，騎腳踏車，從我的宿舍一路狂奔向長尾蜜後山的邊界。在那裡，有我往常和阿魯通信使用的信箱，那是忘得窩外界和長尾蜜後山交際的重要管道。那個信箱——長尾蜜後山拒絕大多數的科技產品，當然我沒辦法用忘得讚預定無人機前來替我把包裹丟給阿魯，光是長尾蜜後山外面那個結界，就會把無人機整個燒毀了。

我將觸手眼睛包裝好——我回家用真空袋收緊了它，觸手上那顆眼睛還在轉動，我用黑色的布將它包裹起來。我喘著大氣，將包裹好的禮物放進了長尾蜜後山外的那個信箱內。那個信箱是條自動通道，會將包裹自動傳送到收件人那裡。那是其中一個長老的特殊能力。

看著包裹消失在通道內，我不知道為什麼笑了。

那個時候一轉身，我就看到那個捕蜂人——他穿著巨大的捕蜂衣，黃色的，周遭都是蜜蜂飛舞，連他罩子內都有滿滿的蜜蜂飛爬。我無法看清楚他的臉。朝我揮手，那巨大的手套不斷晃動。

我多希望這只是一個故事。

09

你有認真想過，記憶是多危險的東西嗎？

有些東西我多不想記得——但卻不可能忘記。

顯然到了讓你討厭我的時間了——你可以跳過這裡嗎？我不希望你看了之後覺得我是個什麼很糟糕的人，我畢竟也是人生父母養的。

忘得窩大學有堂課，在我十八歲移除尾巴之後，我跑去旁聽。那堂課的主題是「記憶治療」，教授是一個戴著黑框眼鏡，頭髮捲捲的，講話很急促，很瘦弱，但在忘得讚軟體上的私照很好看的傢伙。課堂上他展示了忘得窩交給他研究的幽佛栗芽血蛭——看到那幾條記憶蟲在玻璃罐裡頭扭動身軀，我都要深呼吸才可以忍住不在課堂上發出聲音。

他主要在研究如何透過幽佛栗芽血蛭，來治療創傷症候群患者。創傷症候群通常會有一個較早發生的原型創傷，日後雖然可能沒有遇到一樣規模的創傷，但與創傷相關的東西或許會刺激到他的症狀，引發焦慮、恐慌、重新體驗原型創傷——他在研究，如何鎖定創傷症候群患者的創傷記憶誘發場景，並以幽佛栗芽血蛭消除創傷記憶的創傷感受。

他在第一堂課就說，他一直無法成功研發出有效的幽佛栗芽血蛭酵素。幽佛栗芽血蛭體內對記憶有效的成分，不明原因一離開體內就失去效果。所以他就只是把忘得窩分派給他的三條，也是現在忘得窩機構外派僅存的三條記憶蟲，擺在桌上，讓同學們看看而已——因為他也還沒找到方法利用這條幽佛栗芽血蛭。

第一堂課後，我就和他搭上話了，我表明對記憶運作感到好奇，和他在離開校園時邊走邊聊天，他詢問我為什麼會說「記憶是危險的東西」。

那時候我們坐在忘得窩校園外頭的河堤座椅上，他從他的卡其色外套口袋掏出電子菸，抽了一口，吹出一片煙霧——我從他手中取過那電子菸，吸了一大口，吐出時將煙霧吹出了各種蜜蜂飛舞的畫面，他驚訝地看著我，問我是不是長尾蜜族，怎麼看不出來，我沒有尾巴嗎？我笑笑搖了頭，沒有回他什麼。

我重複他方才的疑問，告訴他——很多人會認為記憶只是「記得發生的事情」，但我認為記憶的危險根本不在那裡，我們都有忘得窩電子檔案庫，你完全可以申請植入電子眼用來記錄自己一天的生活。完全記得書本上的知識並不是什麼難處。記性好，完全不是重點。

發生的事情，對你的影響是什麼？才是記憶危險的地方。

你不會去問那臺電腦說，你今天過得好嗎，就算你問了，它也只會回答你，它完成了輸入的指令，這是一個好的生活。因為電腦的目的，就是要完成輸入的指令——但人類不同。指令怎麼完成的，過程多困難，讓自己多心神受損，指令完成後，是否傷害了自己的感情，這些都是人類要考量的。

我們一邊繼續講，一邊從河堤座椅站了起來，繼續往更遠的方向走。這河堤裡頭有許多忘得窩野放的復育清魚，清魚是體色幾乎透明的一種魚，原生種在游泳時身體鱗片會閃出綠色的光芒。這河堤周圍沒有什麼學生行過，路上滿空盪的，教授他開始在這裡教書，也不過去年的事情，他說他有一天就這樣一路一直走下去，不知道轉過哪個彎，就繞回校園了，所以他後來晚上都會自己一個人這樣散步，一邊思考他的記憶研究，他覺得忘得窩大學外頭這條可以一直直走卻繞回原點的路，和記憶如出一轍。

我和他行走的時候，手指稍微觸碰到，他沒有馬上收回手指。我用左手小指輕輕磨了一下他的大拇指背，他的大拇指撐開，輕輕扣住了我的小拇指。

他看向我，很開心地笑了起來。他推了推自己的眼鏡，開始羅列一大堆他讀過的記憶文獻，還嚷嚷著要我和他一起參加研討會，也可以再舉辦個讀書會，邀請一些研究生一同來討論——他說起喜歡的事物看起來是那麼雀躍。我們在河岸邊走，愈走，光線愈暗，身旁現在連路人都沒任何蹤影了。

他對記憶有著無數美好的想像——他提起自己為什麼會想要做記憶研究，從他小時候說起。他父親的公司是製作記憶飲料的，他們的員工被僱用來，每天坐在一間空無一物的小小辦公室裡的全白躺椅上，輸出自己的記憶，成為記憶飲料的原料之一。透過回想某種記憶，提煉出回想這記憶時腦袋分泌出的快樂感，那些感覺被濃縮後混入飲料中，各種口味的記憶飲料就這樣上市了。

悲傷的記憶口味中，孤兒的故事是最暢銷的，快樂的則是首次與初戀情人約會。憤怒的則是第一次對父母大吼出口。各種情緒有各種口味，任君挑選——教授還模仿起記憶口味全國忘得窩通行版本的廣告臺詞，「您想無時無刻享受您從未感受過的快樂滋味嗎？歡迎來到記憶飲料公司，您的身心幸福，就是我們的想像力」。

他說他們有個快樂口味是他製造的，那是他第一次知道原來記憶是可以被提煉的時候心中的雀躍。他想著自己可以和所有人分享他的快樂，那是多麼幸福的事情。那款記憶口味，就是保存了那種快樂——他說，記憶是人類之所以能夠幸福的原因，沒有記憶，人類將流離失所。

我牽著他的手，有一段時間沒有回話，就這樣沉默地向前走。

關於記憶，我沒有跟他說出口的是——平常你路過幾個人，那些人長什麼樣子，對一般人都沒什麼重要性，除非今天你是感染了殭屍病毒的人，那你就會希望你的忘得窩手錶有記錄下與你有接觸的所有人的手錶號碼，必須盡快匡列隔離治療。但像是一般陌生路人，你對他們沒有需求，或早餐究竟是吃了豬肉與魚肉混種製成的肉排，還是體內有八顆心臟、手掌大小的鳥——這些記錯了，不記得了，都不會那麼重要。

但我記得每一件事情。我指的是，我記得——我因為整晚在用記憶蟲，用到不知今天哪一天，錯過了父親病床前最後一天。我記得當我躺在房間木板地上，張開眼睛，感覺到一條小蟲爬過我的耳朵。我媽媽看著我，手中抓著那條記憶蟲的面容——我記得那個時刻帶給我的感受。那對我來說就是不斷重播的惡夢。

只要我一閉上眼，從我出生至今每一次這樣的事件就會在我腦中開始重複播映，而那些事情的發生所造成的感受也不斷重演，尤其是痛苦的部分。使用記憶蟲不是為了要讓我忘記以前發生過的事情，事情發生過了就很難遺忘，如果真的要忘記，或許我需要被球棒打昏好幾次，腦袋都壞了才有可能。我需要記憶蟲，不是替我吃光所有的記憶，讓我成為沒有記憶之人。我需要記憶蟲，是我需要牠清除我腦內對那些記憶所產生的情緒殘留。

記憶蟲可以淡化所有記憶對宿主人類的效果——不是讓你空白，而是讓你麻木。

誰不想要忘記當你跌倒在馬路上，被路人看到嘲笑時，心裡的那種羞愧？誰不想忘記當你已經很努力很努力了，你已經做了這麼多對方會喜歡的事情，對方還是不喜歡你，誰不想忘記那種被對方拒絕後的世界末日感？誰不想忘記體育課分組總是最後一個被挑到，沒有人想和你一起打球，沒有人想要在中午午休吃飯和你一起吃，沒有人是你的朋友。誰不想忘記這些感受？

誰不想忘記自己因為用了記憶蟲太嗨了，忘記去病房看望最愛自己的父親而就這樣你連他最後一面都沒有看見？那種羞愧，那種全世界都在你耳邊尖叫，對你嘶吼，吼你怎麼會成為這種垃圾，你父親那麼愛你，你是這樣回報他的嗎？

我想要停止感覺——至少在當時，我旁聽課的時候，我如此渴望的，是我不要繼續感覺。我不要繼續想到阿魯，就會有那種全身都在撕裂的感受。

我就不信你們都想保有所有自己的記憶，不想要把那些事件對你的影響刪掉。一個人是不可能裝載太多記憶的，因為人能收容的悲傷是有限的，總有一個值，超過了你就會像是一件無法再撐開的衣服，啪擦，每一根線都斷掉。

沉默了一會兒，教授開始說起自己對記憶的理解，還有抱怨忘得窩拒絕提供更多的幽佛栗芽血蛭，說那是純粹的政治考量。長尾蜜族和忘得窩近幾年來關係愈漸惡化，長尾蜜族不願意繼續提供幽佛栗芽血蛭給忘得窩做研究，而忘得窩至今無法自行繁殖幽佛栗芽血蛭。主要原因是幽佛栗芽血蛭只在一種特定的苔蘚類上繁殖，而那種原生苔蘚是在忘得窩的所有城市環境都無法存活的。

他說起他對長尾蜜族的印象，只說了最近有幾起大規模抗爭事件，都是打著驅逐忘得窩為名，搶奪回許多原本是忘得窩和長尾蜜族協議好交流互惠的東西——主要都是一些原生的動植物。

我告訴教授，我也有聽過這說法，但我對他們宣稱的作為有點質疑，因為奪回已經交流出去的原生動植物，不太符合長尾蜜族的做法，至少不太符合我所知道的長尾蜜族的行為——我跟教授說，如果是殺人類的話還比較有可能。但除非是特定祭祀需要人類祭品，不然長尾蜜族應該對人類世界一點興趣都沒有，更不用提還特地組織來搶東西了。

說話的同時，我把我的望得錶用外套袖口遮起來，以免我的望得錶顯示了不該顯示的東西，我每天都害怕它會故障，就算在移除尾巴之後——自從我移除了尾巴，雖然過程中有些小意外，讓我保留了一點點東西，但大致上已經移除乾淨了。我的忘得錶在我移除尾巴之後，顯示的都是一般人類身分，不像從前顯示符號會是一根蜂針。我現在可以進入一般人使用的廁所、走大家都走的通道、購買和大家一樣的食物。雖然我還沒有正式放棄長尾蜜族的身分，但在一般機構的角度，我可以被視為是普通人了。

拉了一下外套手袖，我才意識到，教授根本對我是長尾蜜族一點意見也沒有。

我究竟在害怕什麼？

他還在滔滔不絕，但見我一直沒有回應，他像是意識到自己講了太久又太激動，忽然間就臉紅了。他很年輕，皮膚比我還白，看上去從來不在太陽底下活動，輕輕一劃就會留下痕跡，咬下去的話大概咬痕會在上頭好幾天。我抬起頭，將身體往前靠了些。

忽然這麼靠近，他顯得有些困窘，他要繼續講話，但一開口就結巴了起來。我伸手摸了摸他的頭，揉了幾下。

我上了這教授五個月的課程，在最後一次的課後討論，我又和他走在忘得窩校園外頭的那條河岸。河岸周圍都是微微的銀藍色光芒，裡頭有許多忘得窩復育的魚，而那些路燈閃爍著紫藍色的光芒——我牽著他的手，聽他說自己想要用幽佛栗芽血蛭來研究什麼。

他說，你想想，那些想死的人，如果平常都可以把那些想死的事件歸納起來，並且在每次那些事件又發生的時候，馬上使用記憶蟲，淡化消除掉那些事件對他的影響，他還會想死嗎？我們會不會就治療了自殺的念頭了？

要是有一個人，他不喜歡活著，但他也沒多想死——意思是，他對終究會死這件事情從小就感到無力甚至是悲傷，也對於生存不論再努力奮鬥都只不過是要走向最終那個結果，而這樣的走向總是讓他思考，難道他就是生來在這裡爬，爬到手都破皮流血，目的就是這樣嗎？爬到山頂之後呢？這就是一切了嗎？沒有別的了嗎？我們有多少人是在這樣的情況下，想要用變成動物手術，來終結自己的痛苦？

但如果用記憶蟲，就可以消除掉他有這些念頭之後對自己產生的影響呢？如果那些悲傷、無力感、對未來的絕望，都可以在記憶蟲的吸食下，被淡化，被消除，被蓋上一層模糊的紗，讓你很難感覺到它們呢？我們是不是就真的，可以治療悲傷？我們可能可以讓人不再悲傷。

我看著他，我覺得他那麼可愛，他的理想多麼漂亮，他有可能可以替這個世界做多麼美好的事情——

多希望你看到這裡就好。

不要再往下看了。

究竟為什麼記憶不能一段一段出現獨自成立就好？非得要好像彼此之間是有個什麼聯繫似的。

我趴在桌子上，整個人坐在地毯上，背景是我的住宿處，這已經是學期結束一個月。我看著我沙發上的水桶，裡頭已經有許多卵了，也有很小隻的記憶蟲孵化出來。我滿意地看著自己搭建出來的小天地——我從教授那裡拿回了玻璃罐，裡頭有三隻食指大小，瘦到幾乎根本剩骨頭的記憶蟲。

我從地上的鐵盒中挖出一些紅色的短尾苔蘚和葉片呈現三角形、邊緣都是血紅色的莫絲。我把那些苔蘚莫絲鋪到地板上一個透明小方缸內，方缸底下有數個氣孔，我再把這個方缸放置到一旁的矮小黑色水桶中，讓裡頭水可以滲透進小方缸中，使小方缸一半沉底，一半浮在水面外。塞在裡頭的苔蘚和莫絲有些浸溼了，我往小方缸上頭多加了很多苔蘚和莫絲，因為莫絲能整體浸水的緣故，我把莫絲擺放在較靠下緣的位置。

水桶現在看起來就像是有個中間隆起的小草原一樣，我讓四邊的莫絲保持乾燥，那是要讓記憶蟲產卵用的。到時候那幾塊地方會出現一團橘黃色的卵，裡頭會有二、三十隻幼兒版記憶蟲——我就不用再害怕失去牠們無法使用了。

我轉開桌上的玻璃罐，直接伸手撈出了兩隻記憶蟲，快速放置到先放了苔蘚的小方缸內，最後再將水桶用蓋子蓋好。

盯著桌上玻璃罐內最後一隻記憶蟲，我看著牠在裡頭扭動，嘆了氣，伸手將牠抓了出來，放到我的胸口。餓到不行的記憶蟲——馬上用力吸附住我的皮肉，牠體內的酵素沒過幾秒就開始發生作用，我已經覺得自己可以笑了。你看到我有在笑嗎？

為了繁殖記憶蟲，讓我接下來可以不用擔心庫存不夠，我請教授交給我他三個記憶蟲寶貝——我不會影響他的實驗，我發誓，我只要確認好記憶蟲各自交配產卵，最快下個月，我就可以把這些東西還給他了。根本不會有人在這過程中受到任何傷害，我真的不知道在我拿性愛影片給他看的時候，他那一副看到魔鬼的表情是怎樣，我只不過是和他借一下記憶蟲，又不是不會還。況且這些東西原本都是長尾蜜族的，嚴格來說我根本是在替族民取回屬於我們的財產。

我記憶蟲用到正嗨，當然會找很多說法來解釋我的行為。你也認識我夠久了，應該知道你不該相信我說的任何話了吧？

將近一個月後，掉在沙發上的手機響起，幾聲響完就掛了。我根本找不到手機，雖然聲音從沙發那兒傳來，但沙發上頭滿是換過的衣服、床單、外帶食物餐盒和兩三隻長腳雞——牠們是用來餵食記憶蟲幼兒的。

我從地毯上爬起，雙手撐著水桶。看著那三隻在這個月已經變大兩倍粗度的記憶蟲，拿起一隻，放到右手臂上——我微閉雙眼，享受著那好幾秒鐘的一無所有的感覺。直到手機又一次繼續響起，我握緊拳頭，悶哼了聲，按下忘得窩手錶，接起電話。

「你應該要把東西還我了。」

「抱歉，我最近真的很——」

我話還沒說完，外頭就傳來敲門聲。我瞪著外頭，從沙發上拿起那把我從長尾蜜後山帶出來的小獵刀，放到我左側皮帶後方再用外套蓋起——我打開門。

黑框眼鏡、捲髮的教授站在外頭，他的雙眼睜得死大，還滿是血絲，好像緊張到不行。我那時候真的不知道他在緊張什麼，根本沒有什麼好緊張的，我明明就已經說過會還他的，就算記憶蟲是忘得窩第一級管制動物，也不代表牠就比較重要，那個管制列表對我來說根本就是投硬幣決定出來的，比如說人面蜘蛛，笑死人，連第三管制都不該有牠才對，第四級勉強及格。

喔你說我手上那把刀嗎？不要想太多了，我才不會真的傷害他咧。

他一手撐著門框，避開視線，對我說道：「拜託，說好了——一個月。」

「好好好。」我聳聳肩，請他進了大門。

「你就不能接電話嗎，我打你都不接。」

他話才剛說完，忽然盯著我瞧，指了指我的臉。我皺起眉頭，摸了摸自己全臉，沒有覺得有什麼太大問題，難道我鼻子不見了嗎？他盯著我的雙眼好一陣子，一時間害怕脆弱的樣子都不見了，他眼神裡面我非常確定現在只剩下那被稱為憐憫的東西，我深呼吸了一下，往後退了一步，輕輕搖頭——我在阿魯眼中看過幾次，好像我是個什麼需要被他們施捨的東西一樣。

他吞了口水，雙手交疊胸前，眼鏡底下清澈的雙眼盯著我瞧，「你每天都用？」

「你想太多。」

我聳肩避開他的視線，蹲下身打開水桶的蓋子，在裡頭尋找那三隻要還給他的記憶蟲。我盯著那些小型的記憶蟲，牠們長大還要好久好久，要長大到一根拇指指節的大小才開始認真有吸食記憶的能力，否則更小隻的就只不過是搔癢罷了。

我右手被他抓住，一往上拉，袖口跟著往上掀，就露出了那隻記憶蟲。我驚喜地看著牠，對教授說牠就在這裡欸，但可能還要幾分鐘，要等牠們收回牙齒自行掉落比較好。教授看著我，他的眼神已經從憐憫變成擔憂——為什麼每個知道我有在用記憶蟲的傢伙，心境發展都是同一個套路？

「你這樣用，我跟你講，你看起來應該已經在第三階段——你每天都需要記憶蟲了對吧？」教授伸手就要把記憶蟲抓下來，他抓時，記憶蟲掙扎不斷扭動，我試著阻止他，但因為記憶蟲瀕臨危險時擴散出的酵素更強烈，我幾乎是爽到快要跪到地上。

教授將記憶蟲從我身上扯下來，那隻記憶蟲已經死了——但他顯然不在乎。他的研究主題，唯一的素材，還是忘得窩限定只派給他三隻的記憶蟲，現在只剩下兩隻了。他蹲下身看著我，用他口袋掏出來的溼紙巾，擦了我被記憶蟲咬的傷口——我翻滾了兩圈，正面躺在地板上，看著居高臨下的教授，笑了出來。

「笑、什麼？」教授悶哼，「你在搞砸自己的記憶——我看過研究，你這種人很多，你不特別，你不要以為你因為這樣有多特別。」

「閉嘴吧——你打我……對，你打我。你會感覺比較好一些。」我撐在地板上，向上看著他，指了指自己的臉，「打我吧，我右臉比較好看，你可以打大力一點，這樣你才會覺得比較公平——反正這些我都不會記得。」

低頭看到被教授扔在地毯上的記憶蟲，我忽然反胃起來——剛才記憶蟲掙扎而過量的酵素正在體內亂竄，而少了記憶蟲的吸食，那些原本已經迅速被消音的記憶，又全都回聲作響起來。我用力深呼吸了一口氣，抵抗那忽然跑回來的、龐大到讓人幾乎無法站起身，甚至呼吸的痛苦感。

「公平？你以為這樣就會公平？」他搖搖頭，雙手摀住臉，悶吼了些話，「我的研究，我這輩子從小到大努力的，就只有這件事情。你不只搞砸自己的記憶，你也搞砸了數萬個有需要用到記憶治療來擺脫他們夢魘的人——那些需要靠我這個研究才能治療的人，你要——公平？你以為打你巴掌就會公平？我到底為什麼要遇到你？你是我遇過最糟糕的人類。還是說長尾蜜族就是都是這樣？惡劣、野蠻，沒有文明？」

我非常確定我沒有感覺到什麼好笑的，但聽到教授的話，我就是不由自主笑了起來。

「你現在在戒斷嗎？因為我剛剛扯掉那隻？」

我深呼吸了兩次，搖了搖頭，「關你屁事？」

我從地板上爬起來，在水桶內翻找，找到兩條該還給教授的記憶蟲，我扔進擺在桌上一個月都沒動過位置的玻璃罐內，裡頭還有骯髒的水，我低吼了聲，把那罐玻璃瓶的水倒了，重新裝了自來水，和一些我從長尾蜜後山帶出來的山泉水。我回過頭，看向水桶內的卵和小記憶蟲——我彎下身，從裡頭抓出一隻小小的記憶蟲，扔進那玻璃罐內。

我把玻璃罐扔給教授。

「拿走吧，不要煩我了，滾。」

我說完，就整個人躺到地毯上。

我父親和我說過幾次這個床邊故事，我媽媽認為太恐怖了不該說給我聽，所以父親只講過幾次。有天晚上，他躺到床上，抱著我，摸著我的身體，輕輕小聲地說了那個故事。他說，要睡覺了喔，小王子——閉上眼睛的時候，全世界都黑了，就像是我被黑暗吞食。黑暗會是一個怪物的肚子嗎？我們睡著的時刻，就墜入牠的胃中，牠吃我們白天的記憶，再把夜晚的惡夢種進我們腦中——故事就停在這裡，沒了，我不知道故事之後變成怎樣了，我們有從怪物腹中逃出嗎？是這樣嗎？睡著的時候，我們是在接收別人給我們的惡夢嗎？父親摸著我的時候，他跟我說他覺得夜晚好孤單，所以他想抱著我——但我和他說，夜晚不孤單，我們是一個人，我們有我們那隻怪物。

我睜開眼睛，以為教授早就走了，但他就是站得直挺挺地從上頭看我。我看了一下忘得錶，竟然才過了不到五分鐘——教授由上而下地看著我，要不是記憶蟲被拿走我暫時沒辦法用那些剛出生沒多久的記憶蟲來消除我剛剛那段記憶，我現在就不會那麼想尖叫了。

我就不會覺得我自己是一個人了——夜晚真孤單。我不想一個人。

我全身疲累到不行，爬起來，原本只是看著教授，但教授露出那一臉關心我的樣子。他為什麼還在關心我？我可是那個威脅他給我記憶蟲，很有可能毀掉他畢生至業的人，他知道我的祕密嗎？他知道我那個沒有給任何「人類」看過的祕密嗎？如果他看過了，他還會留下來嗎？

我伸出右手，撫摸教授的褲襠，教授倒抽了一口氣想把我推開。我將他直接拉得更靠近我，張開嘴巴，含住他的食指和中指，在指縫間舔拭。我左手拉開他的拉鍊——反正他這個有伴侶的傢伙還不是喜歡在學校找一些年輕學生上床，搞得好像這裡只有我一個爛人一樣。

我不想一個人當爛人。

我的手指摸上教授的內褲，教授輕輕顫抖了一下，有些想要推開我的意思——我的手指鑽進內褲內，撫摸著他。

我非常確定他已經接受了接下來會發生什麼事情——我站起身，掐住他的脖子。我掐得很緊，就是要讓他暫時有幾秒鐘的時間不能呼吸。他整張臉都紅了。

我把他拖到沙發上，扯開他的襯衫，管他釦子掉去哪裡——我按了一下忘得錶上的錄影功能，連結眼球的記錄器，把我的視線內容全拍起來。在沙發這裡，沒有任何記憶蟲的蹤跡，只有我和他兩人。

我坐到沙發上，拍打了下他的臀部，他從沙發上起身看著我。

我笑了起來，拍了拍自己的大腿。

10

我們是不是常常都把人壓縮成一個事件，用那個人做了爛事的那一天，來定義他是怎樣的人？

真希望你不要那樣對我——說這些，不是因為我在逃避讓你看這次的記憶。

你不覺得我們總是試圖要用一些詞彙來形容我們的感覺，但常常發生這種狀況——那個詞彙太小，你的感覺太大，根本塞不進去。所以變成你在說你難過的時候，沒人知道你到底在講什麼？難過？所以你是忘得讚點數不夠用了嗎？還是你家人死了？你現在快樂嗎？你中獎了嗎？還是你暗戀許久的人接受了你的告白？或是你剛剛吃了很好吃的蛋糕？你仔細想想的話，就會發現我們平常就算用同一種語言，溝通起來都像是兩種截然不同的語言。

所以這個記憶，我不會和你概括這是什麼樣的感覺，我不會說我覺得怎樣——

我覺得那背叛了這個感覺。

尼達亞那晚又睡在溫室了。我爬上去時，所看見的場景——說實話，我也從沒想過，我會有寧願記得這樣的記憶跟感覺的一天。

精準地說，這個「溫室」是在尼達亞家的後院，以四根巨大木柱加上鐵柱最為基底蓋起的一間小木屋。木屋裡頭有張老舊床單都泛黃了的乳膠床，甚至沒有枕頭。我到現在還是搞不懂為什麼尼達亞這麼常跑到那裡去睡。溫室裡充滿機器噪音，尼達亞明明最討厭噪音了，就算他明明根本聽不太到。

大多數長尾蜜族的房子都是蓋在樹上的，我父親在我小時候總是和我說，原本長尾蜜後山環海，不像現在這樣，左後山的海已經退成陸地，能夠直接走到其他島嶼，甚至和忘得窩城市都是連通的。他說當初海還覆蓋了整片長尾蜜後山現在的地皮，祖靈們都將屋子蓋在樹上，以免與誤闖長尾蜜後山的海怪接觸——長尾蜜蛇會驅逐闖進後山內陸的海怪，長尾蜜蛇的圖騰至今仍然幾乎出現在所有長尾蜜族自己搭建的屋子內。

到了現在，雖然屋子開始搭建在陸地上了，但樹上仍舊有許多屋子。我小時候也曾被逼著要搭建一間，光是把木頭捆上去就已經讓我想要直接被海怪吃掉了。

我從溫室下方的木製樓梯爬上去——當我已經爬到接近頂端，我才意識到我剛剛下意識避開了第四條和第七條木梯上頭的小釘子，我手掌上甚至還有一開始我來到這裡，爬上去時我直接握住木梯所留下的小傷痕。

我搓了搓手掌上頭小小的疤，尼達亞的頭就從木屋下方連接木梯的地方探出來，在那邊一直伸出食指往自己方向比，叫我快點爬上去。他是有喊出一些聲音，但他的聲音是很奇怪的，那是一種像是沒有什麼音節的喊話，類似大型蜥蜴深呼吸的氣音，或者就說，像是海怪的聲音。他伸直右手拇指和食指比出了七的手勢，向胸前移動了一下——又是在催促我。

我嘆了氣，瞪了他一眼，一邊向上爬——在我第一次直接把第三根木梯拆掉要重新做一根新的木材嵌回去時，尼達亞花了整整一個小時，正確來說應該是五十八分三十二秒的時間，拿所有他手邊能拿來攻擊我的東西砸我。石頭，玻璃片，陶盆。那時候我們才剛認識不久，他總是以為我是阿魯或者班比——他不喜歡別人上來他的小木屋，也不喜歡別人修復任何屬於他的東西。

第一次我上來的時候，他甚至砸了他剛做好的養蜂箱，我非常確定那時候我頭髮還卡了木頭碎片。好幾隻蜜蜂莫名其妙朝我飛衝過來結果卡在我衣服上，他一邊攻擊我一邊揮動手指指稱我是殺蜂凶手，還要我完全不准動讓他把那些蜜蜂救出來。

我站在原地，讓他一隻隻把蜜蜂誘引回去他那邊，真的是太荒謬的場景。

我爬上木梯的盡頭，用雙手撐住木板地面，終於抵達木屋——我環顧四周，溫室旁大大小小排列整齊的玻璃缸，位置就我印象中從沒有變化過。正前方有張木製桌椅，左側椅角缺了一半，尼達亞墊了一種灰色的石頭在下頭讓椅子平衡不倒。我完全搞不懂他究竟是哪裡來的時間和精神到處找這些東西，整間木屋都歪斜混亂到像是一個樹林裡販售雜貨商品的店家。

在木製大書桌前彎腰看著桌面上小東西的尼達亞，拿著鑷子的左手上有很明顯的傷痕——這樣形容不太精確，尼達亞身上大大小小的傷痕，在我第一次看到他時，幾乎就要以為他被自己的家人虐待了。

當然那念頭很快就被我否定了，原因很簡單，尼達亞是被神摸過頭髮的小孩，是長尾蜜族多年來少數擁有尾巴，可以使用各種祖先記錄下來的魔法，體能也遠優異於一般族民的孩子。尼達亞一跳就能從地面跳到軟木林頂端，他的尾巴還可以協助他在樹林間跳躍穿梭——阿魯是少數天生沒有尾巴，能夠和尼達亞勢均力敵的。

至於我的話——我的尾巴，從來都不是用來做那些太過陽剛的運動。

我們至今能夠擁有野外生態，都是因為忘得窩找到方法再生這些生物的功勞，否則我們根本不可能認識巨角鯊、長腳兔或者漁人（跟人魚不一樣，漁人是魚頭人身，人魚是人頭魚身，我知道你一定忘記了）——忘得窩製造出來的動植物，都會在光照下散出些微的銀藍色光芒，那是他們的商標，那個特殊的藍色。

我唸著攤在桌上，已經被翻到破爛的紙本文宣。那是忘得窩少數的紙本文宣，專門配發給像是長尾蜜族這些原則上不太使用他們發明的科技產品的部落——在我唸到一半的時候，尼達亞就拍了我的手，示意我靠過去看，我指了指他頭上的防護面罩，右手握緊拳頭又鬆開，他低吼了聲，我又聽到像是海怪說話的聲音了。尼達亞將防護面罩扯了下來，直接扔到一旁角落。

雖然外部的世界都是忘得窩製作的，但長尾蜜後山因為結界保護的緣故，保留了長尾蜜後山的原生物種，沒有遭逢巨變。就連忘得窩魔法肅清計畫執行後，魔法來源被忘得窩關閉了，長尾蜜後山的結界仍然保持原樣。雖然一開始結界失常而有幾名忘得窩的士兵闖入結果被忽然恢復功能的結界切成兩半，我們也幾乎喪失大多數的魔法能力——但那都是歷史了。

長尾蜜後山有款蜜蜂，叫做阿皮司西邏納蜂，已經很久沒有見到活體了。牠們會留下蜂針在蜂巢中，但裡頭多半也沒有剩餘的蜂蜜，只有整窩的蜂針——那些蜂針就是用來製作各種長尾蜜族使用物的材料，尤其是青年配戴的手環，像是尼達亞右手上那串由米色圓珠串起的手環，主要的材料就是阿皮司西邏納蜂針。

尼達亞的書桌上頭放著一隻看起來像是阿皮司西邏納蜂的屍體——那隻阿皮司西邏納蜂在尼達亞不知道從哪裡弄來的忘得窩檯燈底下，光照一打，就閃爍黃色的光芒，且整個木屋還散發很濃厚的蜜香。長尾蜜族口述紀錄記載，上頭繪製的阿皮司西邏納蜂，長得就和尼達亞書桌上那個幾乎一模一樣。

忘得窩的器具大多數也不能被運進長尾蜜後山，那個檯燈一看就知道是外面的東西——尼達亞如果願意，我相信他一定可以把忘得窩整組都帶進來，搞不好到時候我們就會有忘得窩實境節目，長尾蜜族也會收到更多忘得窩補助款，可以改善每一個族民的生活水準——雖然阿魯可能就會拿著獵刀一路砍下每一個忘得窩工作人員的頭，長尾蜜後山的結界也大概很快就會破壞光所有忘得窩製作的電子產品。

尼達亞正在觀看那隻阿皮司西邏納蜂的屍體。

屍體或許是很恐怖的東西，但尼達亞的書桌上，有一大堆「屍體」。他其中一個興趣是製作動物標本，他只製作長尾蜜後山會遇到的動物屍體。舉凡深水尖嘴鳥、人面虎、人面蜘蛛（也有些長老稱那是人肉蜘蛛，因為上頭像是人面的部位，根據我們的族內研究記載，那確實是人類的身體部位組合而成的）。他也偷偷藏了一隻長尾蜜蛇的標本，對族內而言是祖靈化身的動物，被做成標本是大不敬的。

尼達亞把我拉到書桌前，指著桌上很顯然才剛死掉，身體尚未僵硬的長尾蜜蜂身體。他左手拿起短鑷子，以尖處夾起一片翅膀拉開，右手的夾子從左側夾了另一片翅膀，那片翅膀在他夾的過程中，閃爍了黃色的光芒。他把翅膀放在一起。

尼達亞雙手攤開，拇指向下後各自畫出半圓，手掌相碰。接著雙手大拇指接觸比圓，另外四指緊閉，掌心向下轉成向上，拇指和食指分開。他雙眼瞪得大大的，看著我，還指著書桌上一旁，一本忘得窩對長尾蜜族研究的文獻紀錄、長尾蜜族自己的口述紀錄歷史，以及剛剛我隨口唸了幾段的忘得窩官方宣傳文宣。

我知道他的意思，他在說忘得窩和長尾蜜那群老人都講錯了。

尼達亞彎下身子繼續他的操作——他雙手拿著不同長度的鑷子，左眼戴上放大鏡片眼鏡。尼達亞看起來很興奮，我搞不懂那種興奮，我從來都不知道為什麼對這種事情——精確地說，對任何事情，為什麼要有這些興奮。

我這麼用力不想感覺任何事情——尼達亞卻像是整個人打開一樣。為什麼？

尼達亞先用鐵夾和棉花棒去除阿皮司西邐納蜂腳上的花粉，調整蜜蜂的姿勢，用細長針調整蜂的肢體，他在腹部區域調整許久，試著用針將蜂原本儲藏蜜的部位弄得飽滿。他也將尾巴稍微以針拉出，整隻阿皮司西邐納蜂現在已經固定在展足板上。尼達亞將展足板直接放進他自製作的脫水機器中，不會像是烤箱因為溫度過高而將蟲體加溫脆化——他拿進去他那自製的超級小的小方箱中時，拿出了另外一個展足板，已經有另一隻阿皮司西邏納蜂在上頭。

我吸了吸氣，忽然聞到那熟悉的氣味，愈靠近木桌愈刺鼻，我向後退了兩步，轉頭發現其中一個玻璃缸中，多了一隻莫名其妙在飛的東西，我靠近看了一眼，非常確定那是一隻蜜蜂，黃色的，翅膀拍打聲音很大的蜜蜂。整間屋子都散出濃厚黏稠的氣息。

我走近玻璃缸，把蓋子拉開，裡頭的阿皮司西邏納蜂就這樣飛了出來——在把標本放進脫水機後，尼達亞回頭看到我的行動，整個人跳了起來，試著要抓住那隻正在四處飛竄的阿皮司西邏納蜂。我原本以為尼達亞很快就會抓回來了，畢竟尼達亞是什麼都能做到的尼達亞，但阿皮司西邏納蜂竟然屢次從他的手心逃脫，最後就找到窗口的位置飛了出去。

尼達亞才剛單腳跨上窗臺打算跳出去，我就拉住了他。

回過頭來的尼達亞，皺起眉頭，指著我，又指了指窗外，顯然是在怪罪我放了他的實驗品。

我不知道為什麼笑了起來。

那天尼達亞和我兩人喝了一些他偷來的長尾蜜蛇酒，在海邊生了火，烤了兩條魚——你看那記憶多不清楚，那魚究竟是什麼魚，大概會是一輩子的謎團。總之我們吃了魚，尼達亞在沙灘跪著不知道在拜什麼東西——我對尼達亞大喊，我要去找阿魯，就一個人走了起來。

沒多久，尼達亞就跟了上來，在我旁邊一句話也沒說，只有輕微的呼吸聲和海風的聲音——我知道，你會說，他又不會說話，當然是只有背景音，我幹麼把這講得像是什麼很重要的事情，難道我是在拖時間不想打下一針嗎？

但尼達亞其實可以說。他可以用表情告訴我，或者直接用比的說給我聽。他可以勸退我，像是所有人都會勸的——當你的前任和你訣別後，你已經寄了不知道多少封信，寫到手指都快斷掉，還去殘害了動物園內的海怪，切下一根觸手寄給對方，想要告訴對方自己記得所有事情，自己記得每一件當初我們一起做過的事情。想要逼迫對方也要記得這些事情。

當我回到長尾蜜後山後，敲了多少次門，阿魯都沒有回應，甚至連看都不看我。在路上遇到的時候他甚至直接爬上樹，彷彿我是什麼海怪一樣的存在。我應該要停止，我當然知道我應該停止，但我就是想要阿魯記得我，想要阿魯告訴我，他也跟我一樣，因為我們的分離痛苦——總不能只有我一個人在痛苦，他一個人人間神仙吧。

尼達亞可以像其他人一樣，跟我說，你要停止，你不能繼續這麼做。你要往前進，人生不能只是回顧，你要擁抱自己的黑暗，你要相信接下來會有其他人愛你的。

但尼達亞沒有。

尼達亞就只是跟在我旁邊，一起在阿魯的房門旁，讓我一個人做著這些糟糕的行為。

我現在才想起來——我那天根本，連記憶蟲都沒有拿出來用過。

11

你知道親密感是什麼嗎？

通常大家，第一個念頭應該就是性。阿魯的身體肌肉彈性剛好，腹肌比我的還明顯，我在他旁邊根本像是薄了一半的肉乾——雖然阿魯總是對自己的身體不滿意，到現在都還是常常在山中鍛鍊，希望把那什麼兩條線練得更明顯。視覺上那些東西對我是有吸引力的，否則我就不會一回到長尾蜜後山，凌晨記憶蟲用得太嗨，跑去阿魯門外一直敲他的木門，腦袋都還能想到他從前在我身上搖的樣子。

但親密感真的只是性嗎？

很多人會以為親密感是靠性而來的，因為性或許是人所能夠和他人展現，最接近全裸的狀態。但親密感會不會是，你可以坐在沙發上，不用靠很近，也不用離太遠，就是坐在兩邊，不碰觸彼此，你知道他在這裡，你也在這裡。你知道你可以告訴他，你現在很難過，你可以告訴他所有事情，而不害怕、擔心、猜疑他會拿這些來在未來做為傷害你的武器。

我和阿魯——真的就只是性嗎？

我回到部落的隔一年，尼達亞找我一同參加豐年祭，儘管我和阿魯在經過第一年的彼此折磨（我指的彼此折磨，主要是他後來看到我都會出手相揍，我有時候能壓制他，更多時候根本不行，畢竟我不像他每天都在山上跑來跑去，我幾乎都躺在地板上讓記憶蟲吃我）——但我們還是開始對話了。雖然總是話不投機半句多，還會頻繁地出現他對族長大吼說我是敗壞長尾蜜族名聲的垃圾之類的各種花式咒罵。如果這時候他像是尼達亞就好了，他什麼都聽不——

抱歉，我不應該這樣說的。

我對長尾蜜族的豐年祭沒有那麼多印象，除了參與者必須要親自去海上捕捉深水尖嘴鳥，以皮毛製作成衣穿上，才能參加豐年祭儀式，而儀式舉辦的地點在鄰山上之外，幾乎都不清楚。鄰山比長尾蜜後山更高，長尾蜜後山是多數長尾蜜族定居之處，鄰山充滿了太多危險的動物，只有必要時族人才會前往。

長尾蜜族的豐年祭是個主要慶祝豐收，祈求祖靈庇佑來年富足的活動，在忘得窩的紀錄中，說明長尾蜜族的豐年祭與其他原生部落的豐年祭相同，並不對外公開豐年祭實際的活動，因此忘得窩仍舊未有留存長尾蜜族豐年祭的實際流程——剛回來第一年時我錯過了豐年祭，原本感覺可惜，但很快的，我的可惜就被那些新鮮的記憶蟲給吸走。

那時候我躺在床上，腦袋根本空白。我蜷縮在尼達亞自建樹屋內的床上，側躺看著架上被尼達亞製成標本的人面蜘蛛，那巨大的人面眼睛已經失去靈魂，黑黑空空的，我感覺它就要把我給吸進去了。

我沒有多熱衷於參加這些剝削人命只為傳統的活動，他們要求我們替這個血脈付出，但從來沒問過我們自己想要什麼、需要什麼。我猜測也只有像阿魯那種信徒才會這樣全心全意奉獻給部落，明明年輕的長尾蜜族很多都已經歸化忘得窩政府了，現在還留在長尾蜜後山的長尾蜜族青年，根本就只有不到幾十個。

我們就要滅絕了，他還不跟我打砲——雖然沒辦法讓他懷孕，但嘴巴上說說總行吧。他恨我也恨夠久了吧，都已經兩年多了，其實他不跟我打砲也沒關係啦，但至少多和我說些什麼吧？不用總是一副想殺掉我的樣子。

如果被阿魯知道我在想什麼，他一定會掐住我脖子怒罵「你好意思說要滅絕？你幫助長尾蜜族什麼了嗎？你還去切掉尾巴？你知道那個東西對我們有多重要嗎？你噁不噁心啊你！」之類的話。

從我回來後，只要阿魯願意開口跟我說話，聽到的幾乎都是這類型的說法。阿魯變化詞彙和句子比喻的方式倒是讓我很意外，畢竟我一直以為他成年後就是瘋狂鍛鍊身體腦袋空空——但我也想聽他說一些其他東西。在我十六歲搬離長尾蜜後山那些年，他時常寫信來，裡面的那些內容是多麼好看，而他從沒有親口對我說過那些。

你看——真的不能怪我要用記憶蟲吧。

為什麼下一年的豐年祭我卻去了？

我、尼達亞跟阿魯試著用泉水洗掉沾滿全身的人面蜘蛛絲——人面蜘蛛吐出的絲不像是牠體內的黏液具有強烈腐蝕性，牠吐出的絲是沒有毒素的，但其中擁有讓人產生幻覺的成分。許多被忘得窩管制的劣質成癮用品之一，就是用人面蜘蛛絲製作而成的果凍，只要吃上一塊，你就能看見世界的真實樣貌，能夠擁有那種離開自己身體，從身體外看著自己的經驗。

不用問為什麼我知道這些用法——你不會以為我用記憶蟲的時候就是只用記憶蟲吧？我又不是什麼只能活在人面蜘蛛腹背上的真菌，不要把我想得那麼扁平。

我站在泉水間，脫掉上衣後阿魯盯著我的背看了許久，我原先沒有意識到，直到阿魯伸手戳了一下我的後背，輕輕將吸附在我背上的記憶蟲弄到他手心上後，我才發現他在看什麼。我對他翻了白眼，剛想伸手取回記憶蟲，他就用力握緊手心，直接把牠壓碎。記憶蟲爆體後流出了銀色的液體，液體散發著像是很久沒有下雨之後忽然下了場大雨時森林裡的濃稠氣味。

我用力推了阿魯一把，阿魯跌坐到泉水中，他才剛要站起來，我腳就踩到他臉上——尼達亞這時候忽然從水中浮出來，盯著我和阿魯。

我收回腳，阿魯咳嗽了幾聲——尼達亞指了泉水下游的地方，轉身就自己游了過去。

阿魯站了起來，將頭髮往後撥弄，露出他那額頭髮線上緣有個深深圓形和幾條細線、我總覺得形狀有些像水母的疤痕。他拉住我，皺著眉頭，我的記憶蟲已經被捏碎，他的視線讓我好想逃跑。

「你沒洗乾淨。」

我對他翻了個白眼，我當然不想洗乾淨，這是好不容易到手的人面蜘蛛絲，我洗掉不是和自己的幸福過不去嗎？雖然說不像記憶蟲那樣讓人可以失去感覺，但上一次我用人面蜘蛛絲的時候，整個人都像是飛了起來。

阿魯抓住我的肩膀，我推了他一下，往下看見底下他站著的石頭，將右邊那顆踢下，阿魯的高度就傾斜了。我對阿魯眨了右眼，他低吼了聲，又罵了一些話，彎下身將雙手沾滿水，再靠過來，伸手就是把他那沾溼的手弄到我臉上——一直抹一直抹。他想抹的話，倒是可以直接去抹一些其他會越抹越硬的東西啊。

可能他感覺到我的褲襠起了變化，阿魯吞了口水，往後退了一點點，手繼續擦著我的髮際，我的頭髮上沾黏了許多蜘蛛絲。我抓起阿魯的手，比我還矮一顆頭的他抬眼看著我——更精準的用詞是，瞪著我。

他想向上掙脫，但如果他要用力，一定就會直接往上撞到我的頭，畢竟他力氣實在比我大太多了——我忍不住笑了出來，在爬山過程中吵的架，現在感覺完全不值一提。為什麼一看到他，我就覺得他造成的痛苦都可以不算數了？

「放開我。」阿魯低下頭。

「你沒給我刀。」我笑著回他。

「因為你切——我不想再跟你說，你根本沒要聽。」

「如果遇到人面蜘蛛怎麼辦？你知道牠專門挑沒有攜帶武器的旅人吧？你就是想要我直接被吃掉吧？哈，你真棒，自己不敢做就讓動物做？還是你覺得像你爸才是真男人啊你這麼想當爸爸的乖兒——」

我脖子被掐住，阿魯瞪著我，要是他再用力一點就好了。

我伸手握住他的手，想把他拉開，但他還是抓得牢固——我手往前抓到了他的頸項，我用力扣緊，把他拉向我這裡，雙手也掐住他的脖子。我的大拇指用力深按在他左右兩側的大血管上，我可以看到他的臉瞬間漲紅，雖然還掐著我的脖子，但力道減弱了許多。

我同時發現他的族褲，那用深水尖嘴鳥的羽毛製作的褲子，褲襠隆起。我下半身往前頂去，整個和他的貼在一起。阿魯的呼吸聲變得更重，我看著比我矮了半顆頭的他，原先掐住我脖子的手已經沒再施力了。我頭低下了些，深吸了一口氣，再吐到他臉上。

看到阿魯的時候，我就覺得全部的煩躁都消失了。只要他，不要動，站在那裡就好。不要動，不要說話。不要皺眉頭當他下意識又往我的屁股看但目的是在看我的尾巴而不是我的屁股，不要更皺眉頭當他發現他沒有看到我的尾巴——不要生氣，不要對我做出我認為對我自己身體最適合的行為時，直接頭也不回地離開，喔在這裡應該要說，直接連信也不寄，回信都不回了。不要不跟我說話——請看到我。

那時候我還用著記憶蟲，大概就是不想要回憶起，阿魯是那樣「看我」，我才能繼續和他維持「某種互動」，因為我還是想要和他保有某些互動——如果我不感覺到被阿魯視為背叛族群、自我閹割身體、想要變成一般人的叛徒，那麼我看著阿魯的時候，或許我就可以，看著他，和他互動，而不會因為有些我自己都搞不清楚是什麼的情緒在體內狂燒，讓我好想要世界毀滅。

他的眼神有時候讓我寧願世界全都毀滅。

我放開掐著阿魯脖子的手，雙手捧住阿魯的臉，低下頭吻了他。

背後傳來一大群蜜蜂飛舞的聲音——我閉著眼睛，沒有停下親吻。

當我們爬到鄰山的巨大洞穴，我才注意到我們身上幾乎都還殘留了些人面蜘蛛的殘骸，有些沾染到蜘蛛黏液的灼傷已經結痂。已經抵達豐年祭舉辦地點的洞穴的族民們，有些身上卡著巨鳥的角，喙端還在流血，有些很顯然已經昏迷——我從來搞不懂任何長尾蜜族的傳統活動，這些活動的作用究竟是什麼？無意義的傷害自己，再用這個受傷的結果來證明執行這些活動是必要的因為這樣就是將犧牲奉獻給祖靈。難道他們不是在製造一個問題再來說自己才有解決方法嗎？

班比正在替一個雙眼變成全黑的族民治療，她在族民雙眼前燒著兩撮在長尾蜜後山山頂才有生長的挖牛草。那是一種在幾乎已經快絕種的牛死後才會長出來的草。

那種牛，體長大約一百公分，臨死時會爬上山頂，挖土把自己埋進土裡，一年後便會長出挖牛草。那種草是專門用來治療括號蝦末期的患者，將草燃燒於全黑的雙眼前，草的煙霧氣味會將已經鑽進眼球的括號蝦吸引出來。括號蝦非常小隻，對於眼球的損害不大，因為牠們的主食是生物的大腦。

班比是巫師——祖靈會在新的一批族人小孩中挑選能夠接下此任務的對象，並且賦予對方治癒的能力——與其說是治癒能力，不如說是對長尾蜜後山生物、植物的歷史理解知識，而這些東西有很多都不會外傳，有許多動物、植物、藥草，也都只有巫師才能拆取、獵殺。巫師大多數都是女性，不過我從族民的口述歷史中有聽過一兩次，那些已經幾乎無法把話說清楚的年邁族民，說過從前有些割掉尾巴的男丁也被祖靈選上擔任巫師，完全搞不懂這什麼意思。

班比穿著長尾蜜族巫師專有的黑色長袍，袖口與袍底都有黃色條紋，那是長尾蜜蛇腹部的顏色。而班比的頭髮以髮帶綁起，一絲頭髮都沒有露出來。她的雙眼周圍用炭筆畫了一圈，臉頰上也畫了牙齒的圖樣——長尾蜜族老一輩的都說，牙齒在我們族裡代表了門的意思。我那時候根本還無法理解那是什麼意思。

班比身旁的人我現在有點想不起來她的名字，好像是誰，諾諾嗎？總之是她的女友。就當那是諾諾好了。諾諾頭髮很短，身體很瘦，迴避與大家的視線交集，講真的不要怪我用太多記憶蟲腦袋壞掉想不起來她名字，她真的就不是很顯眼。

諾諾正用由長尾蜜蛇皮做成的水壺，一個族民接著一個族民倒一口色澤跟長尾蜜蛇腹部黃色相近的藥酒。我指了指那個東西，阿魯皺眉回我說那是長尾蜜蛇酒——長尾蜜蛇體內的毒液會讓人陷入精神恍惚的狀態。我瞪著眼前的場景，轉頭對尼達亞比了手勢，詢問他這是在集體嗑藥嗎？

尼達亞笑起來，聳了聳肩，伸出雙手食指輕敲胸前——我對他翻了個白眼，他可以再自由一點沒關係，有時候他那麼順其自然真的讓我也好想掐死他。

諾諾先是把酒倒給尼達亞——尼達亞彎下身，喝了一大口。阿魯因為和諾諾的身高相近，諾諾稍微把手抬起來，就讓阿魯也喝下了一大口——輪到我時，我先是搖了搖頭，但諾諾忽然拉住我的頭髮，直接迫使我仰頭，我就這樣被灌了一口藥酒進去。

一股火燒的感覺從胸口竄起，我大口呼氣，阿魯在一旁先是笑起來，接著說我不是記憶蟲上癮嗎，怎麼對酒這麼不行——我瞪了他一眼，指著他，原本要罵些什麼，手指在他眼前晃了幾圈，最後還是放下了。

尼達亞坐到我右邊，阿魯在我左側的石頭上坐著。我靠著石頭，看著洞穴盡頭那一叢黑色的藤蔓，我非常確定那裡頭有看起來像是人頭的頭骨——班比這時候走來，她手上捧著一個木製的碗，她的手指伸了進去，抹起一團黑色的粉末，下一秒就往我的臉頰抹上去，沒多久我和阿魯跟尼達亞三人，臉上就都有類似牙齒的畫痕了。班比還對我眨了右眼，一副我們感情很好的樣子。

我想不通原來豐年祭就只是這樣嗎？

我看著阿魯聚精會神像是在等待什麼神蹟降臨，其他族民也虔誠不已，有人還跪著不斷默唸祖先的名——我看向尼達亞，尼達亞什麼也沒做，就只是盤腿在那兒，看著山洞盡頭的黑色藤蔓。阿魯則雙手交疊，一副正在祈禱的樣子。

我忍不住笑了出來。

阿魯在我一開始笑的時候，還沒什麼反應，只是瞪了我一眼。在我繼續笑出聲的時候，他從石頭上跳了起來，抓住我衣領，一副想要在大家面前揍我的樣子。

「你可不可以正常一點？」

「我？不正常？是你們集體嗑藥還一副這是什麼祖靈恩賜欸？你看，他身上的傷口還在滲血，我頭髮裡面還有蜘蛛的皮——你真的覺得這樣很正常？」

「結界讓你進來了，代表祖靈也接受你了，為什麼你連試著理解我們的生活都不願意？你真的覺得自己是全世界最聰明的傢伙嗎？你什麼時候才能搞清楚就是有這種生活。我們原本就是這樣。」

「那不代表這是好的！」

「所以你就要破壞所有規則嗎？切掉尾巴，這麼厲害，你就是不想要任何標籤。」說到標籤時，阿魯還伸出雙手的食指和中指，彎曲上下動了一下，「你就是要學忘得窩的生活方式，學忘得窩的人類怎樣穿衣服、長怎樣，你想把自己表現成他們那樣——你這樣有比較不標籤嗎？」

「欸！」

尼達亞用力吼出聲音，我回頭看向他，伸出食指放到嘴脣上，要他先不要吵。再走向前指著阿魯的鼻子，「你究竟要怎樣才會不要管我？」

「我沒有要管你。」

「我怎樣穿衣服你有意見，跟誰認識你有意見，在忘得窩大學讀書你有意見，我用記憶蟲天啊你當然有意見，我們都知道你爸爸死掉好嗎，我父親也死掉閉嘴啦！」我深呼吸了一口氣，「你在我最需要你的時候離開我，你知道那有多恐怖嗎？」

阿魯雙手抓住自己的後腦杓，低下頭悶哼，「我沒有離開你——我只是——」

「藉口——都是藉口。」我大喊回去。

尼達亞又喊了一聲，我轉過頭指著他，幾乎要對他吼叫了。我再度看向阿魯，

「我需要你，我什麼人都沒有，我要去忘得窩做手術，我需要有人陪我，她們在櫃檯要我填寫手術後陪同的對象是誰，若沒有陪同對象，需要替我安排機器人看護。我站在櫃檯那想要簽下你名字，才想到不對，你根本不可能來，你半年沒回信給我了，你最近的一封信裡面只寫了兩個字，再見——誰會在信裡面寫再見的？我知道你家住哪裡你記得嗎？我也住在這裡。」

「我需要時間！」阿魯吼道，「你沒有給我時間，你寄海怪的觸手過來，你寄一大堆東西過來，我不知道要怎樣面對你——我不知道，我根本搞不懂你為什麼要移除尾巴，我不懂你怎麼可以拋棄對我們族裡來說這麼重要的傳統。你跟尼達亞，只有你們兩個了，這麼多年只有你們出生時還有尾巴——從忘得窩開始做移除手術後，我們已經有太多族民都去做了，結果呢？現在祖靈對我們生氣了——我們長尾蜜族應該是要有尾巴的。」

「五十一個。」我雙手交疊胸前，說道。

阿魯抬起頭，一副聽不懂我說了什麼話一樣。

「五十一個。只有五十一個。」我伸出右手比了五，左手比了一。

「你說得像是有兩萬個。不，只有五十一個。這麼多年來，初生有尾巴，活超過一歲未死亡的長尾蜜族，只有五十一個。包含我和尼達亞，只有五十一個——

五十一個不是傳統，我們是早就在滅絕的生物。我們就是阿皮司西邋納蜂——你多久沒看到阿皮司西邋納蜂了？尼達亞藏了一隻在他的溫室，就這樣。我們多久沒看到成群的阿皮司西邋納蜂了？我跟尼達亞，我們不是什麼未來的希望，我們就在你們面前絕種——就連長尾蜜族整個——我們都已經在絕種了。」

阿魯瞪著我，像是我說了什麼恐怖的話一樣。

他指著我的臉，一副想打我的樣子，我翻了白眼，知道他根本不會真的揮拳上來，他太喜歡我的臉了。我們就這樣看著彼此。

尼達亞忽然大吼，跳到了我的肩榜上，他拉起我的頭髮，我痛得喊出聲音——這才意識到我們身旁的族民都還在，雖然大多數都已經因為藥酒的關係而沉醉在自己的腦內世界，但有些一定也參與到我剛剛和阿魯的對話。我臉頰忽然有點溫熱，感覺不太舒服——我想要毆打些什麼，好讓我消解體內這種感覺。

阿魯看著尼達亞拉著我的頭髮原地亂轉圈，原本他皺眉又抿嘴，慢慢嘴角彎起來，笑了出來。尼達亞指著阿魯，架著我，要我往前，隨後把阿魯拉起來，阿魯原先還抗拒了一下，但很快就放棄了掙扎。尼達亞從我肩膀跳下，拉著我和阿魯，忽然就跳起舞來，明明什麼音樂都沒有。

班比處理完族民的傷口和確認大家服用的藥酒後都有進入豐年祭該有的階段

後，看著我們三人，一副搞不清楚狀況的樣子，皺起眉頭說著沒發生過這樣的事情，我們這樣算是有進入精神天堂嗎？

那個精神天堂，是豐年祭時族民來這裡享受一年一度祖靈賦予他們的精神放鬆。每一個族民的精神天堂都有所不同，有些人會是在一個天降長尾蜜蛇的空間，有些則有無限蛋糕——每個人都不一樣。這樣的精神補充，可以讓族民們繼續在下一年裡，抵抗長尾蜜後山中充斥著的危險處境。

但我們的呢？

尼達亞又跳回我的肩膀上，一直都在吵架的我和阿魯一邊跳舞，一邊爭辯長尾蜜族是否應該開始接著忘得窩的協助，包含居民遷徙、幼兒照護教育和生活基本津貼加給等等。他還是在那裡說著忘得窩是多麼恐怖的超級企業，試圖收編任何不在他們系統內的東西，包含抵抗系統的對象最後也會變成系統的一員。阿魯看著我的時候，視線還是常常飄到我的屁股，而我知道他不是在看那裡，他是在看那個他已經看不見了的尾巴。我一直都無法搞清楚阿魯到底是因為我才喜歡我，還是因為我的尾巴，而那總是讓我想放一把火把長尾蜜後山全都燒光。

為什麼我們沒有去其他精神天堂，我們還在這裡？

但現在的我，覺得去搞清楚那些東西，好像也不是那麼必要。

12

我們有可能不把一個人做錯事的那一天，當成他的全部嗎？

對一個人的認知，就算你認識他好一陣子，只要有一件夠糟的事情，你只要看到了夠糟的那一面，之前所有的好都不算數了嗎？

但你會不會，從一開始就錯認了對方？

海浪不斷拍打著岸，我坐在沙灘上，尼達亞躺在我的左邊，側頭看著我，他看起來快要睡著了的樣子，他伸直右手食指，朝我的方向向下指——他在告訴我，我在這裡。他要我不用擔心我會不會忽然又變成什麼透明的傢伙。尼達亞也跟著我隱身了整個晚上，沒辦法，誰讓他的尾巴那時候在我和阿魯吵完後，就移動到我身上，鉤住了我的腰。

阿魯盤腿坐在我身邊，我試著不要去看他，但儘管我盯著海面，看著小魚跳躍出水面，被更大的魚躍出水面吃掉，也無法持續太久。我深呼吸了一下，轉過頭面向阿魯，正好與他的視線相對。

他看著我光裸的背，我轉過身，正面看著他，跟他說沒有記憶蟲，我今天什麼記憶蟲都沒有用，這完全是我的失策。我深呼吸了幾次，想要將這莫名湧上的情緒全都壓下來，到底這些情緒是什麼，這讓我想馬上把阿魯和尼達亞都抱得死緊，又好想大哭。

「沒關係的。」阿魯忽然說道。

我抬起頭看向他，他摸了摸我的肩膀，靠近了我一些，盯著我，一副就要講出什麼溫柔話語的樣子。我是希望他不要破壞自己原先的人設，請持續對我保持憤怒，我對他做出的事情，讓他對我生氣三百年都不為過。

「我不知道——我不知道怎樣做比較好。」阿魯雙手蒙住臉，低著頭說話，「但我還是想要，做些什麼——告訴我，如果你有什麼需要，我會盡量幫你。如果你只是需要有人陪你，我會陪你，如果你只是想要我們常常打鬧，那我會把你打到地板上，反正你也知道我比你強。如果你——如果你現在真的，還覺得自己是長尾蜜族的一員，我會相信你。你就會是長尾蜜族的一員。」

我瞪大雙眼看著阿魯，沒預期到我們現在就會有這樣的對話。

我看著他，低下頭，伸出手指在沙灘上畫著圖，畫出了幾個水母。水母一下就被海浪沖刷，弄得有些變形——我深呼吸，低著頭說，「問題是你有信念我沒有。」

「你這麼確定你沒有信念，難道不也是信念？」阿魯笑著回道。「我好像還沒跟你道歉過。」他抓了抓自己的後腦杓，這麼暗的月光，我還是能看清楚他耳朵紅到不行。

「你不用道歉。」

我聳了肩——當然，在大量使用記憶蟲後，過程中我有無數次拿阿魯當藉口，畢竟是他在我最需要朋友的時候離開了我，是他不顧我們之間的情誼，單純用我的尾巴存不存在，決定我們之間的聯繫。當然我有一大堆可以拿來怪罪他的東西，是他讓我在二十歲最嚴重地復發，那次我用記憶蟲用到快死掉了。第二次。

但我當然也知道，這些都跟阿魯有關，卻也沒有那麼有關。

那時候我顯然沒有感受，但現在不知道是不是記憶酵素的影響，我開始感覺，當然，因為阿魯對我做的爛事，我可以把阿魯看成一個很爛的人——但阿魯也同時陪伴了我很長一段時間，從我父親葬禮過後，他是我唯一一個族內的朋友，比朋友還要更多的——他有很多好的一面，也有我所深痛惡絕的，但那些是他的全部。

「不，我要。」阿魯大大的眼睛看著我，右手抓住我的手腕。「我應該在你需要我的時候陪在你身邊——不論我自己的意見。那時候，我應該要先在你身邊，而不是逃跑。對此我很抱歉。」

阿魯頭低下來，低到我的膝蓋上，他輕輕親了一下，又親了一下。我摸了摸他的後耳，要他看著我——我捧住他的臉，稍微彎身，我原想向前直接吻住他，但我沒有。我停下動作，深呼吸了一下。

如果我現在身上有記憶蟲，早就吻下去了。

阿魯看著我的表情，眼神裡有些意外，我搭上他的肩膀，對他說著，先這樣。先這樣就夠了。

在今天一早的時候，我根本沒有預想過，會和阿魯有這麼平和的對話。

冷風吹來，我那剩下第一節的尾巴區域，自主扭動了一下。

事情是這樣的，稍早時刻，我原本和阿魯正在大吵，吵到最後，我的特殊能力就失控了，我整個人都變成隱形的，而且我無法解除這狀態，我最近的能力常常失控，我根本不知道怎麼控制——切除尾巴後我就很久沒有使用過任何尾巴的魔法，畢竟多數族人都說過，尾巴是我們魔法的來源，既然我都把尾巴切掉了，照理來講那些魔法也都會跟著消失才是。

但回到長尾蜜後山生活後，那些能力開始莫名跑了出來，有時候醒來我發現我的杯子不見了，有時候是我私藏在床底下的記憶蟲罐整個消失。有時候我醒來我發現自己飄浮在空中，隨後意識到是整個床架和棉被都被隱形了——我不太能夠控制這個能力，我只知道這個能力意外地在移除尾巴之後沒有消失。

阿魯昨天莫名其妙又開始找我麻煩，他抱怨我和尼達亞的關係並不正常，加上我應該要保留尾巴，尾巴是多重要的東西。他還順便抱怨了我在回到長尾蜜後山後，試圖和他重新聯繫已經構成騷擾——而我對此當然持反對意見，我不覺得他單方面分手是成立的，因為我和他的交往是兩個人自然而然發生的，沒有道理我和他的分手就是在我那麼需要他的時刻他丟了一封信給我說「再見」然後就結束了。

當然他就開始爆炸，阿魯總是在爆炸。阿魯脾氣很差，他開始對我吼叫，甚至在我試圖安撫他的時候把我用力推開——爭吵開始後，尾巴的話題就又跑出來，記憶蟲當然也是話題。他開始質問我使用記憶蟲的問題愈來愈嚴重，為什麼回到這裡之後還是在持續使用那些東西？

當他開始過度詮釋我當初寫給他的那些信件內容，把我詮釋成一個好像多恐怖的惡魔。就是他在我快要二十歲、在忘得窩好不容易見到他的時候，他來和我說的一模一樣的內容。他用曾經已經控訴過我的話再控訴我——我腦袋裡面有一條什麼線，我不知道，總之就是腦袋像是有條線斷掉了，劈啪。

那時候尼達亞剛好從樹上跳下來，尾巴鉤住我的腰，他想把我往樹上拉——在阿魯面前，我整個人從頭部開始隱形，我可以明顯地感覺到我的能力逐漸覆蓋住我整個身體，連帶以尾巴碰觸我身體的尼達亞也跟著被那股力量包覆。

我和尼達亞兩個人一起隱形了。阿魯在樹下怒吼，叫著喊著什麼我這懦夫又躲起來，以為有魔法了不起，不要以為這樣就是祖靈原諒我切尾巴——我握緊拳頭，想跳下去和阿魯把話說清楚，但尼達亞從我背後把我扣得死緊，我在樹幹上根本動彈不得。最後，阿魯悶哼了幾聲，沙灘另外一端有一群小孩朝他跑來。阿魯甩了甩頭，把長髮往後綁成包頭，露出他髮際線上緣看起來很像水母圖樣的胎記和凹痕。阿魯朝那群孩子的方向過去，邊跑邊喊著他們的名字。

我和尼達亞待在樹幹上，我拳頭握得死緊，還想著阿魯剛剛對我說的那些話。什麼意思，他以為我多需要這魔法或我有多在乎祖靈原諒不原諒我嗎？他以為我是自願要回到部落的嗎？還不是我媽又一次在我記憶蟲用到幾乎無法醒來的時候打斷我的計畫，硬是把我從記憶亡海中拉出來，強迫我清醒。如果不是她把我逼回長尾蜜後山，阿魯真的以為我會想要回來嗎？他以為他真的對我來說還有那麼重要？

我確實在回來後有努力戒除記憶蟲，有——好吧，我不會用努力來形容我的使用方式，但這跟阿魯沒有關係，他不知道我的生活有多痛苦——他不但沒有給我任何安慰，還只會用那種表情看我。他到底為什麼看著我的眼神裡滿滿的都是毀滅，像是下一秒鐘就要把我吞沒。

尼達亞摸摸我的手，把我的手用力撐開，不讓我繼續用指甲深壓我的手心——我攤開手，手心已滿是指甲印，而中指和食指留下的痕跡，還滲出一些血來。

血滴到沙灘上，沒有留下任何痕跡。

這天，阿魯的工作是訓練長尾蜜族的小孩。

在沙灘邊的大樹上，我和尼達亞坐在那兒，阿魯的聲音從遠方傳來，我抬起頭試著找到聲音來源——他正在和一群沒有尾巴的長尾蜜小孩慢跑，每個小孩都穿著深水尖嘴鳥皮毛製作成的防寒衣，齊聲一二一二地跟著阿魯喊，隊伍一致不凌亂，站在前方的阿魯長髮綁成包頭，身體好看到不行。

這個訓練的傳統是，他們必須繞著長尾蜜後山右岸，不斷來回慢跑，跑到海平面蓋到他們的腳為止。主要是為了訓練所有長尾蜜族的體能，畢竟多數長尾蜜後山的生物都需要相對應的體能來獵捕，逃跑也是需要體力的。當右岸的海平面升高時，海裡就容易出現一些比較危險的生物，那些生物很多都是長尾蜜族的日常食物，但一不小心小孩也會成為那些生物的食物。關於這個訓練，阿魯從小就是最認真的那個，雖然我一直到十六歲才真的認識他，但從前每次慢跑訓練，我都能聽到或看到有些人會說，他都是跑在第一個，從頭到尾都不會落後——他難道不會累嗎？

尼達亞靠在我肩膀上，已經睡著了，他的尾巴不斷在騷擾我，我拍打了好幾次，才把尾巴從我的腰部拉開。我試著重新讓我們現形，但那股能量硬是把我和尼達亞都給包住，我怎樣都無法擺脫。

我以為切掉尾巴後，原本的能力就會完全消失，畢竟這是長尾蜜族一直以來對我們說明的。先前動過手術的長尾蜜族族人也都消失了，不知道跑去哪兒，我根本也沒有對象可以詢問。我不知道是他們刻意要迴避長尾蜜族，或者是長尾蜜族有什麼特殊的方式迴避了他們——這多少讓我在十八歲生日那天，進手術室之前，擔心從此我就找不回回家的路。

其後，長達兩年的記憶蟲濫用，最後一次是在我快二十歲之前，我上完一堂忘得窩開設的課程沒多久。我終於把阿魯從長尾蜜後山拉出來之後發生的事情。我用的方法不是很光榮，我用整隻海怪的心臟做威脅，我說如果他不出來的話，我就會把忘得窩動物園那隻海怪的心臟切下來，我會把心臟寄給他，我要他知道海怪會受傷都是他害的。在那之前我已經常常想到就切一條觸手寄給他，但畢竟海怪可以很快就長出新觸手，我想那應該不算什麼太糟糕的行為——我對這個方法沒有很自豪，但至少最後，阿魯有聽話赴約。

那時候他說了好多，他說他想看看實際的狀況，我脫下褲子，讓他看了我移除尾巴之後的樣子——因為一些醫療緣故，忘得窩最終留下了我第一截尾巴，並沒有完全切除。阿魯摸了摸那已經癒合的切面，和那最後一小節鱗片，他瞪大雙眼眼眶都是水，說我在自我截肢，說我只是想要用盡一切方式融入世界，說我只是內心有空洞所以以為切除尾巴變成人類就可以滿足我的空洞。他說我只是想要被人關注，我完全不在乎愛我的人的感受，我不在乎他的感受——他說他希望我早一點死掉。

當天晚上，我一個人回到宿舍，我把我房間所有的記憶蟲都倒進浴缸，整個人泡了進去。一開始沒什麼特別的感覺，記憶蟲會在身體上尋找適合下手的皮膚，過了大概五分鐘左右，記憶蟲們開始緩慢吸食起記憶，那些記憶酵素鑽進體內，感覺輕飄飄的，什麼都不重要了，痛苦都是虛構的——但那次，一開始我覺得我飄了起來，愈飄愈高，速度太快，像是在用衝的，我感覺體內整個開始火燒。我想要從浴缸爬起來，但完全沒有力氣。我倒在浴缸中，努力掙扎，但還是墜入黑暗之中。

醒來時我已經在醫院了，我看到我右手上的忘得錶，痛恨自己忘記先把它拔下來，難怪我媽會收到通知。媽媽安撫著我，說要把我送回長尾蜜後山，那裡才有辦法幫助我，我需要回家了。她對我說，這是最後一次了，只有這次機會，再接下來她就不會再理我了。她沒辦法看著自己的兒子在她面前因為用記憶蟲用到快要死掉，已經第二次了。她沒辦法忍受第三次。

我笑出聲，但我的喉嚨痛到讓我流出眼淚——所以對她來說，記憶蟲幾乎殺死自己兒子的次數，兩次，算是一個可以接受的範圍？

難道這不好笑嗎，一個成癮之人要瀕死幾次，對他的家人來說，才算是一個合理的、應該放棄他的程度？我們好像總有一個什麼很公正客觀的體重計，把自己犯下的錯誤放到上頭，另一端是他人對我們的愛，我們用此來衡量這個關係是否值得繼續維持，若是錯誤太重，聰明的對方應該為了自己的心靈健康趕快離開這有毒的關係。但我們不也常常用此來衡量彼此的愛是否超越世俗、是真正「重要」的愛？如果錯誤太重，你應該要走——但你沒有走。是不是就以此證明你真的愛我？

但那個體重計在哪裡？那些錯誤的重量是從哪裡計算出來的？那些愛呢？你怎麼衡量你放上去的情感重量。

當母親說著希望這次就是我的谷底了——我多希望我就直接死在谷底。

我想說話，但我連聲音都沒了，因為有隻記憶蟲鑽進我的喉嚨，咬住我的聲帶，造成受損。

如果我那時候可以說話，我想我會說，我沒有家可以回去。

長尾蜜後山早就不是我的家了。

訓練結束，海平面上升到了小腿的位置，阿魯將所有長尾蜜族的小孩都趕回上陸，要他們自行回家，只剩自己仍然待在那裡。我坐在樹幹上遠遠地往下看，一旁的尼達亞還在睡覺，他已經整個躺到樹幹上像是蛇一樣地匍匐在枝幹——阿魯就這樣在海中，海已經升到了他的腰際，他也沒有想要往任何地方跑的樣子。

我跳到比較矮的樹幹上，阿魯回過頭皺起眉頭，看上去沒有發現我的存在，我還是能感覺到那股能量場包覆著我。從這裡我比較能輕易聽到他說話。班比的聲音從遠方傳來，她正從遠處的海面游過來阿魯這裡，我甚至原本不知道她在海上。她為什麼總是在做那些危險的事情？

班比的眼窩上有用炭筆畫上的痕跡，看來她是在執行什麼巫師的工作——她從一個麻布袋中掏出了一條仍然在蠕動的觸手，大小大概跟我的小拇指差不多。那顏色我有些陌生，但形狀倒是很熟悉，我先前切過幾個更大塊的寄給尼達亞，是忘得窩海怪的觸手，但班比拿來的大概是海怪幼體的觸手。我倒是不知道長尾蜜後山的海中現在還有海怪這回事。

她把小觸手放回腰側麻布袋，抽出一隻很軟的海星，往阿魯光裸的胸口貼了上去。阿魯痛得大喊出聲，但當海星明顯正在吸咬他時，他渾身上下的疤痕都閃爍著紅光，像是有什麼能量在他體內燒出來一樣。

阿魯痛得大喊，直到火光稍微消失，海星自行脫落掉回海裡，緩慢地在海沙底下移動——阿魯瞪著班比，問班比為什麼每一次都不提早說。

班比只是聳聳肩，說如果他先知道了，效果會比較差。反正溫拿也不在附近，他也不需要擔心自己的男子氣概受損。

「溫拿不用知道這種事情。」阿魯對班比說道。

他們兩人站在海中，海水目前漲潮到了他的小腿的高度——班比直接坐進海裡，半身泡入海中，阿魯也被她拉了幾次手後跟著坐了下去。

「你可以告訴他——朋友，不就是要分享這些？分享生活，不是每天都在罵那些跟你們沒真正相關的事情。」

「他——他不是我朋友。」

「所以你覺得他不應該知道你一直在治療，希望可以修復你身體從小到大的疤痕？」班比推了一下阿魯的肩膀。

「他知道這要做什麼？能幫他清醒嗎？還是能幫他找到人生目標？」阿魯皺起眉頭看著班比。

「他知道這個，可以關心你啊。你可以告訴他，你一直在看研究，想知道切除尾巴對我們的影響——你那整疊資料到底從哪裡來的？忘得窩幾乎不提供影印紙張了。」班比笑起來，「你根本超認真。」

阿魯翻了白眼，「這些他都不需要知道。」

「你知道和對方分享脆弱的事情，能讓彼此更親近一些，你跟他說你還是想變漂亮、你很擔心自己不夠好，他跟你說他自己那奇怪大腦運作的模式，然後你們就木啊木啊。」班比用雙手大拇指、食指、中指彎曲，做出兩人親吻的動作，「你們明明在乎彼此，總要從什麼地方開始吧？而且總要有人跟他說不要再偷我們部落的記憶蟲了。」

「我不知道怎麼開始。」

阿魯嘆了氣，看著班比。班比則一副要阿魯繼續說的樣子。

阿魯瞪了班比一眼，深呼吸一口氣。他低下頭，雙手蒙住雙眼，聲音小小的，我要很用力排除風聲和海浪聲才能聽見。但我還是聽見了。

「他讓我害怕——我在他身邊的時候，我感覺不安全。我可以一個人殺掉長尾蜜巨蛇，砍下人面蜘蛛的人面肉，我幾乎沒有在山上害怕過。但他不一樣——我不知道，我不知道哪一天，會不會我做了什麼，他忽然就變得更糟，或者他要我給他更多的愛，但我給不了，或是他要我馬上就完全接受他切掉尾巴這個行為，但我現在做不到——我害怕我會是他的病。」

「這要怎麼開始？」

我雙手握得死緊，我幾乎是用瞪的看著底下的阿魯，我好想衝下去說話，但我此刻雙眼已經滿是眼淚。我應該要用記憶蟲的——為什麼我身上沒有記憶蟲了？我深呼吸，試著忍住我的情緒，這到底是什麼詭異情緒，為什麼我會有這種感覺？

醒來了的尼達亞爬到我身旁，蹲在樹幹上，手搭上我的肩膀，尾巴纏上我的脖子。我轉過頭看他，他指了指阿魯，歪了頭，輕微皺眉。尼達亞伸直了他的右手食指，放到嘴巴前前後動了幾下。我搖了搖頭，還在試著壓下體內那股奇怪的湧動。

我深呼吸，深呼吸，深呼吸——完全沒有用。

尼達亞右手摸上我的臉，額頭靠著我的額頭。

我閉上眼，輕聲顫抖地跟他說，「我可能真的搞砸了。」

我往樹幹下方看——班比和阿魯都抬頭看向我這，阿魯瞪大雙眼，我看著他，我的雙眼燙到像是有顆太陽在裡面。

13

我要怎麼知道我是我，還是我是我的尾巴？

你有想過這些嗎？你是怎麼知道，自己是怎麼樣的一個人的？

二十二歲的時候，我已經回長尾蜜族生活一段時間。愈來愈接近尼達亞的成年禮，我對成年禮將要發生的事情感到浮躁——長尾蜜族並沒有記錄太多成年禮發生的事情，尤其是生來就有尾巴的族民的成年禮，每次的成年禮都是不一樣的，族內老一輩的都會建議應該如何執行，但只有當次儀式的參加者才能真正決定如何面對成年禮所發生的事情。

除了那個王冠之外，我一無所知，而我不喜歡這樣。

有一天，阿魯和尼達亞都去準備成年禮的各種細項，我按照慣例不想參加任何需要我勞動的活動。在眼下刺青後的我實在是太無聊了，躺在床上翻來翻去，覺得再繼續下去就只會想要使用記憶蟲——我手都已經伸下床，要去撬開地板挖出我的私藏了。

我只好偷偷跑出長尾蜜後山結界——距離記憶蟲愈遠愈好。

那天我去忘得窩大學旁聽了一堂課。那課程名稱是「民族討論」，課程綱要就是說明每週會尋找各種部落內的歧見對象，進行一個公開且認真的討論，希望能在這過程中找到彼此理解的方式，總之就是又是一個異想天開的課程。

但他們的教授很好看，我從前在軟體上滑過他，他傳了幾則訊息給我過，以前我還在忘得窩大學宿舍住的時候，和他打過幾次砲。

眼前坐在臺上左側講椅上的是「男人」，他中分捲髮，戴了眼鏡，穿著寬鬆的短袖、深綠色襯衫和寬大的黑色褲子，幾乎差一點就要和我的打扮一樣了。他的聲音，剛剛我聽到他和隔壁的同學說話，是低沉的。他很明顯地對那個穿著短裙的長髮同學很感興趣的樣子，他雙腿比長髮同學張得更開，左手三不五時拉一下褲頭下方似乎在調整什麼——以一個世俗的標準來看，他就是一個「男人」。

但你有時候會不會想，「男人」只是穿著打扮和聲音肢體表現嗎？

那個長髮短裙的同學，我旁聽忘得窩大學這堂民族討論已經三次了，她聲音很女生——但這個念頭一浮現在我腦海，就讓我猶豫了好幾秒，究竟是什麼樣子的她的表現，讓我認為她的聲音很女生？是因為聲線的高亢溫柔嗎？還是因為她說話時，開心的時候就會比較激動，音調也跟著拔高？但這些難道就真的是女生的聲音嗎？一個女生就要有這種聲音，才能被定義為女性嗎？

不要跟我提生理現象的問題，那不是重點，就連人類也早就知道染色體對生理的區隔影響並沒有如原先大眾說明的那麼兩條線般的區別，更多的是如交纏在一起難分彼此的線。不是所有擁有某一染色體的生物都只會顯示出那一個染色體的特徵，有些人就是永遠都不會發生——我當然知道有生理廁所、私密環境區隔的需求，但我的重點是，我們要怎麼區分，到底誰是誰？男人是什麼？女人又是什麼？更重要的是，這個標準是怎麼建構的，以及我們怎麼會覺得這個建構是精準無誤的？

是穿著嗎？是打扮嗎？是你與他人互動，所被觀察的形象嗎？是你的天生染色體嗎？是你自認自己究竟是什麼就是什麼嗎？我們至今——有個明確的標準，羅列出所有性別，應該要有的規範嗎？若有，我們真的有需要無條件接受那些規範嗎？

前面座位就有好幾位同學，正在大聲討論究竟應該要怎樣的表現才是符合那個性別，並且說明即使忘得窩通過任何年紀的人都能依照醫生評估使用阻斷劑（就是裝入一個阻斷功能儀器在體內，抑制荷爾蒙激發，讓當事人能夠爭取足夠多的時間，弄清楚自己是否對原本的性別有疑義），他們依然要討論努力宣揚推翻這個說法，因為這些東西對小孩不安全——而她旁邊那個安靜不說話的同學，忽然就按起了自己的忘得錶，我看到上頭應該是一封紅色信件圖示送出，記得那代表通報忘得窩有違反人權的語言傳播，而他那個同學的忘得錶在幾秒鐘過後就響起點數被扣一百點的通知。她瞪了舉報的同學——

那名在左側講臺上的男人開始說話了，他先是推了推自己的眼鏡，看向臺下，臺下忽然間沒有任何一個人發言。直到那個人看到我，對我露出一個小小的微笑，接著說起今天的課程——今天他安排了兩位講者，一位來自長尾蜜族部落，一位就是我們的知名忘得窩民族多元倡議人士。希望這裡做為一個友善空間，可以讓大家分享並討論彼此的想法，以及和同學們互動，享受忘得窩提供給我們的言論自由——他說完時，還看著我很久，才說道，主題是「移除尾巴後，你就正常了嗎？」。

那兩位講者入座，我一看就知道，其中一位是長尾蜜族的族人——精準來說，或許不能說是族人。她目測比我大上二十多歲，那個族人根本不可能回到長尾蜜後山了——我還有貴族血統，即使我移除了尾巴，我的血統還是保證了我在長尾蜜族的地位。我想我回去，他們會對此非常有意見，但受限於對傳統的追求、對祖靈莫名的信任，他們還是會提供給我一個位置。我可能會像賤民，但再怎麼差，至少我都能通過後山結界，回到長尾蜜族部落之內。

結界是不會讓那個族人回去的——結界會阻止她回去。

這公平嗎？

男人又看了我一眼，露出一個微笑，眼神轉回一旁的兩個講者，「你們族民不太有對外公開的研究資料，所以我們同學可能不太熟悉——可以請你介紹一下嗎？阿梅？」

「好的。」她低著頭，她把頭髮往後綁，臉上什麼妝都沒有，「我叫阿梅，從前是長尾蜜族的一員，我們族居住地叫做長尾蜜後山，後山外圍有結界，非得到祖靈認可者是不得擅入的。我們族從前是生活在海上的，長尾蜜後山原先半山都在海裡。有些族民生下來就會擁有尾巴，尾巴是長尾蜜族最重要的象徵——近幾年來長有尾巴的後代愈來愈少了，傳說尾巴是長尾蜜族人的魔法來源。」

倡議人士問道：「聽說妳被禁止進入了？」

阿梅點了點頭，「是這樣——」

「就只因為沒有尾巴了。」倡議人士忽然稍微提高音量，「因為她失去了尾巴，她就再也不能回長尾蜜族的家了——這也是為什麼妳想要加入忘得窩多元團體組織一員的原因嗎？」

阿梅點了點頭，眼眶還滿是眼淚，「我想讓大家知道，每個人都應該有自己想長成的樣子，沒有人應該為了自己的長相、身體特徵，而被斥責、傷害。」

「可以問問妳當初為什麼想要移除尾巴嗎？」男人推了推自己的眼鏡，說道，「畢竟根據很少數的研究資料，長尾蜜族的尾巴，象徵了重要的位階，你們族內的圖騰也幾乎都是有長尾之人——這麼重要的東西，為什麼妳決定要移除了呢？」

「因為我無法擔任職位。」阿梅說道，用手指擦了自己的眼淚，我搞不懂她到底在哭什麼。「我丈夫當時因公職意外而死，忘得窩給了我們一大筆錢，我們可以去忘得窩提供的房子居住，但長尾蜜族族長要求我接替我丈夫的職位，做為長尾蜜族的勇士——我，我——」

阿梅又哭起來了，我還是搞不懂她到底在哭什麼，有這麼難過嗎？

「所以妳就做了移除手術？」

「從小在長尾蜜族，就一直被說著尾巴很重要，但我除了體力好一些之外，根本不像其他擁有尾巴的族人，有什麼特殊能力。我被要求做很多我不願意做的事情，只因為我有尾巴。我的丈夫因為有尾巴而成為族裡主要的獵手，最後死在長尾蜜後山外頭，我還有兩個小孩，我不希望我的小孩失去父母。」

「妳的小孩也有尾巴嗎？」

阿梅搖了搖頭，「在我之後，很多小孩都沒有尾巴了，伏伏——抱歉，我們都這樣叫我們的長輩。我們的長輩說，是祖靈生氣了，忘得窩的警察誤殺我們一員，但我卻要加入他們，成為一般人。

「在族內，我們都因為有尾巴而特別被要求必須去打獵，參與最困難的獵殺，我根本連一隻蚊子都不敢殺，但他們卻堅持要我去獵殺深水尖嘴鳥，為了在豐年祭時穿用那可憐的鳥皮毛做成的衣服——長尾蜜族看不起一般人，也拒絕和忘得窩接觸，我們自己的科技知識幾乎是零，根本沒有辦法跟上外面的世界。我出來之後，手錶刷一下就可以購物，但在長尾蜜後山，我們幾乎都還是以物易物。」

我深呼吸了一口氣——這個跟移除尾巴手術後的自我重新建構一點關聯也沒有。為什麼沒有人詢問他們怎麼持續離題？那男人是在那邊擺著好看的嗎？

我忍不住打斷他們的對話，說道：「主題不是移除尾巴後，妳就正常了嗎？現在這討論有些離題了吧？」

男人只是輕輕笑起來，「我們不打斷來賓的發言，在忘得窩，我們有言論自由。」

阿梅看了我一眼，似乎認出我同是族人的身分，馬上轉看其他地方。先是結巴了開頭幾句話後，才重新流暢地說起話來。

「我們甚至幾乎沒有電線、網路，至少任何忘得窩建造的東西，長尾蜜族都很少使用——其實族內有許多抗議的聲浪，但都被族長以祖靈不悅打發了。我已經中年了，沒辦法改變自己這一代接受教育的方式，但我的小孩——小孩才是最重要的。長尾蜜族他們是在傷害小孩啊。」

我瞪大眼睛看著眼前的場景——這是什麼荒唐的畫面，她講的話前後一點邏輯都沒有啊。我左看右看，整個課堂那些忘得窩大學的學生，為什麼他們沒有一個人提出質疑？

移除尾巴手術當然是對長尾蜜族有好處的事情，這可以讓想要移除尾巴的族人，像是我，有比較安全的選擇權，不然就要去黑市給人剁尾巴了——但移除尾巴手術之後，你是誰，你是一般人了嗎？或是你還是長尾蜜族的族人？還是你是新的，沒有人知道怎樣定義的東西？這不才是這次應該討論的內容嗎？但他們討論的完全是阿梅偏頗的個人經驗。阿梅一個人的經驗，根本不能代言整個長尾蜜族的經驗，阿梅甚至沒有對自己移除尾巴後的身分改變提出什麼想法。

為什麼課堂上的那些人，都一副阿梅的經驗就是所有有尾巴的長尾蜜族的經驗？

他們甚至不知道長尾蜜族究竟是什麼。

他們會以為長尾蜜族所有人都這樣想嗎？因為一個人，說了一些事情，就把一整個族群，壓縮成那個樣子。其實會吧？我們不也都是這樣在對待一個人，一個公司，一個國家？你也看過我很糟糕的爛事了，你不也是一直認為我就是那樣的人嗎？

「太糟糕了。」倡議人士拍了拍正在哭泣的阿梅肩膀，「因為尾巴而受到這樣的壓迫，難怪會讓妳想逃離那個地方。沒關係，妳現在是一般人了，妳跟我們都一樣了，妳不再是那個有尾巴的怪物了，妳很開心吧？」

我皺起眉頭，那個倡議人士說什麼——怪物？

「這就是為什麼我們需要建立多元團體組織，我們組織收容了無數因為自己部落族民無法接納、排斥、迫害的受害者，他們只不過是想要成為一般人，卻受到部落無情的壓榨，有的終其一生都不敢表達自己真正的想法——長尾蜜族的尾巴移除手術，漁人的魚頭矯正手術，尖牙族的牙齒磨製以及飲食治療，這些都是我們忘得窩替那些受害者準備的利器，用來抵抗所屬民族的文化霸權。

「阿梅不是唯一一個因為想成為我們而受到迫害的，也不會是最後一個。每一年有無數個長尾蜜族的小孩，因為想要移除尾巴而被族人傷害，強迫留下他們自己不喜歡的身體特徵，何其殘忍。有這麼多個小阿梅——上一次我們輔導的個案，是一個尖牙族的少年，他從小就不喜歡喝人血，也拒絕參與家族的狩獵，在他們家族狩獵忘得窩無辜人口時，他就一個人待在房間，用鎖鍊把自己綁起來，不讓自己因為飢餓而失去理智衝出去尋找人血——我們拯救了他，替他提供忘得窩製作的人工血液，也以手術將他的尖牙特徵給磨平，現在他已經是正常的大學生了。

「同學們啊——如果你們也想幫忙，相信我，你們都可以為那些受難者做上許多。忘得窩是無條件地愛著你們的。」

同學們在拍手——我瞪大眼睛看著課堂上的每一個人，我想記住這些人的臉。我真痛恨我沒有把記憶蟲帶來。

課程結束後我避開阿梅的視線，我這時候沒興趣和族人交談——幸好許多同學在跟阿梅和倡議人士拍照，上傳忘得讚，我看到他們手上的忘得錶一直閃爍，想必是增加了很多忘得讚點數。

我起身要離開，右手腕卻忽然被握住，我回過頭看去，是那個男人——抱歉我從來沒記他的名字，他好看的笑容我倒是不太想忘記。我舔了下唇。

男人坐在我身上，我已經快結束了。

我將他翻到床上——看了下右手的忘得錶，顯示才剛過了五十九分鐘。男人一臉潮紅喘個不停，不得不說這些人類真是不耐久。我下了床，想去浴室把全身汗都給沖掉，但那男人伸手拉住我，要我陪他在床上躺一下。

「課堂上你看起來不太開心？」

「我沒有不開心。」我翻了白眼，「只是你們——她甚至沒有提到尾巴和自己的關係，她根本不需要移除尾巴，她說她移除尾巴是為了小孩，根本也說不通。我們不會要求有小孩的家長去做什麼事情，我們很照顧所有族民的小孩。」

「我們？」

「長尾蜜族啦。」我悶哼了聲。

男人的手摸上我的背部，輕輕繞了幾圈，「以前你都說，『他們』那些長尾蜜族——」

「閉嘴。」我轉過身，用力吻了他，要他不要繼續多說話。

我坐到床尾，還在想著剛剛課堂上發生的事情，男人就靠著我的背，手輕輕地一路往下摸。他先是摸到我的腰際，再摸到我的胸口，又繞回了腰際，最後在我尾椎上方的位置停住，輕輕摸著我那裡還擁有尾巴的證據——一些的骨頭突，那是我

第一節尾巴。

留下來一節尾巴，不是忘得窩手術常常做的事情。但在我最後一次躺在手術病床上，和忘得窩醫院的醫生確認手術流程時，有個講話結巴的研究員跑進來，丟了一張單子給醫生，語速很快地說了一段話，大意是這名病人應該要保留第一節尾巴，因為先前他的尾巴研究數據顯示，如果我截斷所有尾巴，我會死在手術臺上。

研究員還推開醫生跑來跟我解釋，說著那塊尾巴不只是保留了我跟長尾蜜族祖靈聯繫的管道，還有很特殊的能力，他目前沒有辦法解答，也不知道究竟具體可以做什麼，但他知道第一節尾巴裡頭有些能量和我是完全密合在一起的，若是取出恐怕只會對我造成傷害。

我很想翻白眼，但其實已經因為藥物而感到極端疲憊——如果這研究員有認真做研究，就會知道我們長尾蜜族總是說魔法儲存在尾巴裡，所以他說的那個能量，應該也就只是魔法而已，那不管怎樣都沒什麼影響，我也不需要我那奇怪的隱形能力。但我沒有說出口，因為我才剛想要對他翻白眼，就昏了過去。

在手術臺上斷氣也不能算是個太糟糕的死法——但忘得窩不允許。所以也就這樣了，我保留了那該死的一點點尾巴——這樣的我到底算是什麼？

男人很愛那裡——他以前就很喜歡摸那裡，做過幾次，每次他都很愛摸——我從沒問過他原因。到底為什麼？以前我完全不好奇他們這些人的想法，記憶蟲不夠用的時候，我就靠做愛來讓自己不要感覺。在追求不要感覺的時候，你根本不可能去問對方你今天心情好嗎，更不用提那些更複雜的問題了。提出問題，需要的是你有要聽別人說話的慾望。我當時可以說是完全沒有。

所以他們，這個男人，阿魯，甚至尼達亞——到底覺得我是什麼？

男人的頭靠在我的肩膀，先是一陣吻咬，再向下種起吻痕，最後趴在床上，抱住我的腰，輕舔著我的尾椎上方的尾巴殘骸突起。那裡已經沒什麼感覺了，結痂都早已退掉，只剩下輕輕癢癢的感受——我轉過頭，往他下半身看去，看到他又一次勃起了。

「所以你覺得尾巴是什麼？對長尾蜜族來說。」我深呼吸了一口氣，問了仍在舔吻我那裡的他。

他停下動作，嗯哼了聲，「我不知道。」

男人停頓了一會兒，「但我覺得你們這樣子好美。」

他說完便伸出舌頭，繼續舔起我那一塊尾巴的殘留。

我忽然站起身，不顧他呼喚我的聲音——躲進浴室，把門鎖起來，把水龍頭打開，開到最大，讓聲音灌滿整個空間，蓋過外頭男人敲門詢問我怎麼樣了的聲音。

我從浴室抽屜拿出一把小剃刀，右手撫摸到我殘留尾巴的部位，左手拿著小剃刀，就在我要用力刮下去時，我的手忽然抖了一下，剃刀掉到地板，刀刃刮到了我的腰際，流了些血。左手沾到了那些血跡，我沒去洗掉，就往我尾巴的區域摸了摸——我試圖想轉身看清楚我的背，看清楚那個只剩下一些些，為了保持我存活的尾巴的殘留。但無論我的頭怎麼轉，都看不到。

我深吸了一口氣——男人方才舔弄我那裡的感覺忽然湧上來。

我跪到地上，扶著馬桶，停不下來地嘔吐。

14

這世界上有沒有一些事情，是你知道不該做，但還是做了的？

你可能以為我在說記憶蟲，但不是的。

我們常常在做了一件自己一開始便不覺得該做的事情之後，想著如果我們沒做就好了。我也想過很久，在切掉尾巴後和阿魯分手，一個人待在忘得窩大學宿舍居住的時候，我每天都想著，如果沒有和阿魯相遇就好了，如果在父親葬禮那天我沒有對他露出微笑，我沒有接受他的善意，我是不是就不會這麼悽慘痛苦了。

我們都會試圖改寫記憶，想著如果這邊挪動一點，那邊畫兩個叉，那天是走左邊的路不是走右邊的路，會不會結局就不一樣了。但「如果」是個虛假的詞彙——那假設了你有能力阻止壞事發生。

但你沒有辦法阻止壞事發生。

不是因為壞事註定會發生、天災降臨沒人能控制，我在說的不是那些壞事。我在說的是那些你知道對你不好的，但你仍然接受它的發生。

因為你是一個壞掉的人。

長尾蜜族長老們討論尼達亞成年禮的事情時，我們坐在長老會議的樹屋內，樹屋很大，坐落在山裡低海拔中最次高的長尾蜜樹上，我們一行人爬上去還花了一點時間。

樹屋內擺設溫馨，有木製的長桌，小圓椅，幾塊人面虎皮就這樣掛在樹屋的木牆上。我們都入座後，長老拍了桌子吼了一聲，開始我們的討論。

由於尼達亞堅持要我和阿魯以及班比一同參與，成年禮參與者要求的同伴，照理來說長老是不能有異議的——但當然我的尾巴又把我變成了爭執的起點。

長老們要求我不得使用任何長尾蜜族的武器，這裡指的，就是尼達亞一直想給我的，他的長尾蜜蛇牙刀。我當然也不可以在成年禮期間「謀殺」任何遇到的長尾蜜後山中活物——他們說活物，還不是說動物，究竟是多害怕我因為切掉尾巴之後就變成連族人也想殺的怪物？我又不是括號蝦患者——況且括號蝦患者都有長期穩定的治療方式可以讓他們好好融入社會了。

在參與成年禮活動，尤其是長有尾巴族民的成年禮，沒有武器根本視同直接送死。更何況長老們要求的是我不能殺害任何東西——請問，在一個幾乎歷年來每個階段，都是斬殺被祖靈召喚而來的神獸，以表現自己能真正成為獨當一面的族人祭禮，當那些神獸和牠們的小跟班跑來，我應該要怎樣？躲在阿魯背後？那風景倒是不錯——但我可不想死在長尾蜜後山。

不是我不想死，其實死了也好，但死在長尾蜜後山，靈魂就會和整座山綁在一起，再也不能離開——也不是說我們常常看到祖靈，像是在我父親死後，他從來沒回來找過我，偶爾只看見一些跑一跑頭就會斷掉的小孩在外頭的草皮上滾來滾去。

我知道，我該做的事情，就是跪在長老面前——好啦沒那麼誇張，反正就是告訴他們，好，我溫拿放棄參加尼達亞的成年禮。那個這麼多年來因為我沒有舉辦成年禮，所以幾乎是幾十年來首次有長尾巴的長尾蜜族舉辦的成年禮——我要放棄兩次成年禮，但沒關係，反正我切尾巴，是我不好，可以了吧。大家再見，讓我回去用記憶蟲吧。

我才剛要開口，尼達亞就伸手摀住我的嘴，摀得很用力，就算我試著咬他他也無動於衷，他甚至還用上了他的尾巴以阻止我發出聲音——阿魯轉頭看我，我瞪著他，他也瞪著我，一副我欠他一千條尾巴的樣子。他忽然拍桌跟長老吼了一聲。

長老也拍了桌吼了一聲——我知道這看起來很好笑，但這是長尾蜜族在談判時要求協商的意思。阿魯指出，歷代傳統沒有明訂切除尾巴的長尾蜜族不得手持武器參與成年禮儀式，我們明白切除尾巴對祖靈不敬，但若祖靈真正有意禁止此事，切除尾巴的長尾蜜族理當連後山都不得返回，請長老提出能夠讓族民信服的轉圜方式。

我剛要反駁阿魯的話，才意識到尼達亞在我身後，雙手仍用力摀住我的嘴不讓我說話，甚至不讓我做太多動作。在我旁邊的班比露出好笑的表情旁觀這一切——這傢伙，難怪傳言成為巫師之前，必須要把心臟和肺都挖出來餵給長尾蜜蛇，巫師從此便與祖靈共存。

長老們交頭接耳討論了一下，我完全聽不懂他們在說些什麼，他們總是用古語私語，但尼達亞應該聽得懂，因為在他們討論到一半的時候，尼達亞就拍了一下自己的手，讓所有人的目光都集中到他身上。我馬上問尼達亞他是要做什麼。

但尼達亞沒有回答我，他只是右手握拳，往下點了兩次。

來不及阻止尼達亞的承諾，阿魯跑過來質問他究竟在幹麼，長老到底要求了什麼——我推開阿魯，雙手推了尼達亞的肩膀，伸出右手五指彎曲，掌心朝側，左手拇指和食指接觸成圈，靠著我的右拇指，彈開左掌心，掌心向上。我又彎曲了右手指和拇指，以此手勢捏了喉嚨，其他手指緊閉。

尼達亞沒有理會我詢問他為什麼要答應長老，就只是靠了過來，伸出右手食指，摸了自己鼻頭，將拇指貼在掌心前，其他手指伸直併攏輕輕碰了下巴，再用右手摸了自己鼻頭。接著食指指向對方，摸了自己鼻頭，拇指貼於掌心前，其他手指伸直併攏輕輕碰了下巴。再用食指摸了摸自己的鼻頭。

我以為他就要停在這裡了，但他又繼續比了，他有時候比的會是很老舊的比法，我常常搞不懂他究竟習慣哪一種手勢。他忽然伸手拉住一旁的阿魯，把阿魯拉近我們，阿魯皺起眉頭一臉困惑——尼達亞伸出右手食指，摸了自己鼻頭，將拇指貼在掌心前，其他手指伸直併攏輕輕碰了下巴，再用右手食指比了一下自己胸口，劃了一圈。

我看著他的雙眼，眼裡頭只有清澈的湖。

阿魯的眉頭皺得更深了——但阿魯悄悄牽起我的手，尼達亞的手放在我們兩人的肩膀上。

長老問了我們，為什麼尼達亞要說，你是你，我是我，我們是我們。

我、尼達亞、阿魯、班比和諾諾五人上身赤裸，坐在洞穴中，臉上都抹滿了各種顏色的顏料，那些都是以草料、藻類磨製而成，由班比這個巫師替我們抹上，用來召喚那個怪異的東西。諾諾是完全可以離開的，但在知道班比需要以身犯險來替我爭取參加尼達亞成年禮的資格時，她沒有多說什麼就跟來了。

我問一旁的阿魯：「我們等等不會真的要做吧？」

尼達亞回頭看我，張大雙眼，右手食指和拇指彎曲捏了喉嚨一下，阿魯則是看著我，就像我說了什麼種族滅絕的話語一樣——他的表情可不可以控制一點，雖然他就算這麼恐怖還是很可愛就是了。

在我們的正中心，已經有一個淺盤，上頭有五片巨大的鱗片，那是時鐘鱷魚的鱗片。這個儀式，是透過召喚牠前來，替我們解毒——你問為什麼有毒？因為我們等等要吞下的鱷魚鱗片含有劇毒。

看吧？到底哪來的瘋子會答應這種要求。

「這有劇毒，我和尼達亞都可能無法代謝掉了。」我低聲說。

「我們聽得到，你不用特別小聲講，我們還是有大腦的。」班比回道，對我笑了起來。

「我說真的——沒有人要照做吧？沒有人要聽那群長老說的，吞下這個鱷魚鱗片吧？」我指著小碟子上的鱗片，「我真的不需要去成年禮。」

「我們就是要這樣。」阿魯說。

「我知道你是認真的，但，其他人不是吧？」我轉頭看向諾諾和班比，班比對我露出微笑還揮了手。我再回頭看向阿魯，「我就說了，我不需要參加，不用這麼麻煩，這太危險了。」

「我們看起來像是有害怕嗎？」阿魯攤開雙臂。「你不能每一次遇到困難就想偷吃步。」

「偷吃步？你用這麼老的語言跟我說話？你現在是以為這樣講我聽不懂所以可以羞辱我嗎？」

「你閉嘴——」阿魯深呼吸了一口氣，「我很努力壓抑我想要拔掉你的頭餵給人面蜘蛛的慾望，雖然我們才剛在豐年祭殺過一隻所以要再找到可能有點困難，但這裡還是有很多動物，我總是能找到會吃掉你的那種。但我不會這麼做，因為我雖然很不爽你，但我不是一個這麼糟糕的人。我是個好人。所以我會忍耐你在我身邊。」

「哦——你喜歡我在你身邊？」

阿魯轉頭瞪著我——幾秒後笑了出來。他嘆了口氣，閉上眼睛雙手壓住自己的太陽穴。深呼吸幾次，才開口說話。

「尼達亞的成年禮要到了，這是唯一讓大家都開心的妥協方式，我們願意承擔風險。你還不懂嗎？」阿魯說。

我聽到了一點奇怪的聲音，彷彿有巨大的獸在踏地，帶有很大的引擎聲，卻連個影子都沒看到。尼達亞一直盯著洞穴外頭，我不知道他在看誰——我站起身，彎腰對阿魯說，「我不需要大家替我冒險，我不參加沒關係，反正我自己成年禮也沒辦了。」

見阿魯沒有反應，我回頭對班比和諾諾再說一次，我想把她們從地上拉起來，要她們快點回去，待在這裡不好，沒有必要為了我而做這荒唐的事情，這太危險了。但諾諾只是笑著對我揮揮手，班比則是拍了拍我的肩膀，一副沒有要離開的樣子。

就在我要直接走去問尼達亞時，阿魯抓住我的手，把我拉回地板上。他手裡已經拿了鱷魚鱗片，對我說道：「這對尼達亞來說很重要。」

時鐘鱷魚已經爬進我們洞穴裡了，牠的黃眼巨大，皮膚深綠，體長大概是我和尼達亞跟阿魯三人的高度，身上滿是浮萍水草。原以為水草群上面會有那些我偷渡回長尾蜜後山的外來浮萍，但看起來是沒有，全都是長尾蜜後山原生種。時鐘鱷魚對我們張開嘴巴，發出那個像引擎聲般的巨大吼叫，讓我們五人都跌倒在地。

就在我想再度勸他們趕緊離開，真的不必為了讓我參加尼達亞的成年禮這麼費心費事，阿魯忽然靠近我，輕輕吻了我的額頭，這麼難得的溫柔。他說了話。

「你對我們來說很重要。」

我盯著阿魯的臉——一時之間也不知道要怎麼抗議這荒唐的事情。為什麼？「我們」究竟是什麼？如果我們是成立的，那其他人呢？其他人有辦法成為我們嗎？還是他們只能成為他們？我們都必然會建立起這種奇怪的關係，關係建立的同時就是與其他關係的不建立，這樣子我們會愈來愈寂寞嗎？

為什麼尼達亞、阿魯、班比和諾諾，要為了只是讓我參加尼達亞的成年禮付出這麼恐怖的代價？我跟他們甚至不能算是熟，我還非常確定阿魯覺得我是什麼恐怖情人。所以到底為什麼他們要做這些？明明他們不該做的。

阿魯遞給我一塊鱗片，我們五人圍成一圈，同時吞下那塊時鐘鱷魚的鱗片——鱗片作用發揮得非常快，我從胸口漾起藻類青苔的氣味，直接竄到鼻腔，我一呼吸就發現自己像是頭被壓在水底，嗆出口水但沒有辦法吸到任何空氣。

四處張望，尼達亞也倒在地板上，他試著爬起來，但已經失敗兩次；阿魯蜷縮身子輕微顫抖；諾諾和班比抱住彼此哭了起來——我爬起身，走向前兩步，拉起阿魯，移動到尼達亞身旁，我抱住尼達亞和阿魯，身體已經痛到開始顫抖，我怎麼深呼吸都沒有空氣，只感覺口腔好像被灌滿了沼澤。

我倒在地上抽搐，頭腦暈眩，沼澤已經蔓延到了我的大腦，感覺整個體內全都溼了。我趴在地上乾嘔，右手握得死緊，希望能維持一點清醒——我的臉側趴在地上，動也不能動，像是癱瘓了一樣。我覺得我聽見了說話的聲音。

那隻時鐘鱷魚說，讓牠聽聽，我最害怕的惡夢——

時鐘鱷魚解除了鱗片的毒，班比和諾諾一醒來就馬上離開了現場，連看都沒看我們一眼，不知道時鐘鱷魚要求她們什麼說了什麼。

我和尼達亞跟阿魯回到長老的樹屋，丟下我們通過考驗的證據，一塊剛剛時鐘鱷魚留給我們的鱗片——尼達亞抓著我就往窗外一躍，跳到了一旁的長尾蜜樹上，阿魯也跳了出來。尼達亞對阿魯比了左邊和幾個方位，阿魯點了點頭，我忽然就被尼達亞給抱起來。

我這才注意到尼達亞是要回去自己的樹屋那邊。

尼達亞的樹屋地板上零散放了一些不會在長尾蜜後山出現的科技產品，電線交纏，我甚至不知道他的電力來源是什麼，那些備用電池究竟是用什麼充電的？

阿魯已經到了，尼達亞把我放下，隨手就去桌子底下翻找一些東西——阿魯背對著我，他總是綁起的包頭現在有些凌亂，我要他轉過身，他先是抗拒了一下，接著還是轉過頭來看我。他眼眶裡都是淚水，我不知道他剛剛究竟被時鐘鱷魚要求說些什麼。

我看著他，不知道該怎麼做——我向前一步，阿魯就往後退一步，一副警戒我的樣子。我雙手攤開，向後退了一步。

尼達亞抽出幾個道具，有看起來有針頭的機器，還有一臺主機，似乎是刺青用具。他朝罐子裡面裝了些東西，裡頭變成裝有銀黑色液體的樣子——他指著我，又指了自己手頭上的機器，一副他要替我刺青的模樣。

我搖了搖頭，尼達亞忽然一手抓住阿魯的頭，阿魯一時反應不過來，頭就被他往後扯。他將阿魯拉到我面前，指著阿魯額頭髮際邊緣上，那看起來像是水母符號的傷疤。尼達亞又指了我的左眼和他自己的右眼——他低吼了聲，我從沒見過他這麼憤怒的樣子。

我五指張開，指尖向前，掌心朝側邊，問他怎麼了。

尼達亞右手食指指了自己的鼻子後收起，將拇指伸直，右手手心握住左手拇指，左手拇指再從中往下拉出。他又低吼了聲，把自己剛剛拿著的刺青針具往旁邊甩，捧住自己的太陽穴，跪到地上捧住自己的臉。

我和阿魯相望——我們同時走向尼達亞，將尼達亞拉起。我將尼達亞剛剛扔在一旁的機器撿了回來，遞給他。告訴尼達亞，拜託刺好看一點。

尼達亞先是在我左眼下方畫了一個小水母的圖案，接著便直接拿起機器操作起來。他快速地用一把很細的電動針，一筆一筆將水母的輪廓刺到我眼下，我注意到那把電動針的針頭是由四根很細很細的針組成。

他一邊刺，一邊小量調整旁邊的機器，以改變電動針的針刺速度。在尼達亞替我刺青的過程中，阿魯沒說什麼話，連看也不太看我。我沒有什麼疼痛的感覺，我猜測時鐘鱷魚的鱗片應該有麻痺身體的效果，顯然到現在都還沒有徹底消退。尼達亞幫我刺好後把機器扔給我，指著自己的左眼。

我翻了白眼，拿起機器——尼達亞自己在自己右眼下畫好了一樣的水母圖樣，接著便閉上眼睛。

當我在替尼達亞刺青時，阿魯在一旁替我刺完的部位抹上很涼的液體，那是班比給他的橡皮擦海星黏液——橡皮擦海星是班比自己取名的，實際上她也不知道那是什麼生物，似乎還沒有被命名過。海星若是吸附在身上，能夠有治療身體疤痕的能力，但一次的效果有限，且無論治療多少次，都無法完全消除疤痕。至於海星黏液則可以用來治療傷口，以及製造出約莫三天的密封區域，讓水分不會沾到刺青部位。

在替尼達亞刺青的時候，我看著阿魯那世界毀滅般的神情，忍不住問了他，

「欸，剛剛那個，鱷魚，牠問你……你跟牠說了什麼？」

「沒什麼。」阿魯回得快速，替我臉上抹上最後一點海星黏液。我感到黏液在接觸到空氣後緩慢在我臉上收乾。

我翻了白眼，小心沒有把刺青刺歪，做了點收尾，「快說。」

「為什麼不是你先說？」阿魯雙手抱胸，瞪著我瞧。

我拍了拍尼達亞的肩膀，尼達亞跳了起來，又露出微笑。阿魯拉住尼達亞，替他抹上一樣的海星黏液——尼達亞先是捧住阿魯的臉吻了他，又轉頭吻了我，我們兩人都愣在原地。尼達亞隨後便跳到自己的書桌那邊，開始翻箱找起東西。

我吞了口口水，看向阿魯，阿魯表情也呆愣，顯然對於尼達亞太過自然的吻並不熟悉。沒多久尼達亞又跑了過來，直接往我左手和阿魯的左手戴上阿皮司西邋納蜂針磨製而成的手環。尼達亞最後還從他腰間扯下了他收納直刀的刀夾，把長尾蜜蛇牙製成的直刀給了我。

阿魯看著尼達亞在一旁替我把刀夾扣到腰帶上，說道，「鱷魚根本不像是要跟牠說什麼，那更像——」

「記憶直接被抽出來看？」我打斷他說的話。

我握住尼達亞的手，讓他不用這麼急著弄好，可以放慢一些。阿魯抓了抓自己後腦杓，低下頭，迴避我的視線。

「欸，那牠要聽什麼？」我皺起眉頭。

阿魯嘆了口氣，「你回長尾蜜後山之前，我們那天的對話。」

我瞪大雙眼看著阿魯。

為什麼和我的一樣？

15

「你到底在堅持什麼？」

「我早就跟你說過——這不是一時衝動，我一直都有說。」

「你明明知道我愛你——」

「那你不是應該支持我嗎？」

「我愛你但——你這是褻瀆。你在自我截肢。你想透過這種方式來變得更像『人類』，想變成人類，想在那裡生活。你在拋棄我們，我們這麼多族人，這麼需要你。你為什麼會想要成為他們？你以為他們會想要你嗎？你以為只要切掉——你以為切掉之後，你就是他們了？你以為那就是所謂的『人類』嗎？」

「我沒有想變成人類——我跟你說過了。我只是想要當我自己。這個！我的尾巴——這個感覺不是我——不！是！我！」

「你天生就有，別人都沒有。你天生就這麼重要——你不能放棄這個。」

「你是要說，你都沒有吧？」

「那不是我要說的。」

「是你沒有——你是要說，你這麼想要，你卻沒有。天啊。你根本不在乎我，你只在乎這他媽的尾巴？你有沒有問過我為什麼我想要切尾巴？你有沒有那種每天去山上都覺得哪裡怪怪的明明樹幹都在同個位置，出現的動物也沒有太怪異的跡象，但當你打獵的時候就是覺得哪裡不太對，可是因為你要打獵所以你還是打獵了——那就是我的尾巴。我常這樣想——但我不想繼續這樣下去了，我不想要我的尾巴。」

「我沒有只在乎尾巴——我知道你有問題，你想要被更多人關注、接納，你想找到歸屬感。但你覺得這是解決方法嗎？我很關心你，我就是想要跟你在一起，我沒有想要其他人了。但你這樣——你這樣對我也未免太不公平。我要接受我愛的人，被我不信任的政府，動了我根本不認同的手術，把原本是自己的一部分切除，只為了要美觀，只為了要更像是人類，而我必須接受這些全部我不同意的部分，只因為我在乎你？」

「公、公平？公平？你的公平的意思是，要我繼續保持一個我不想要保持的樣子，只為了維持你心中那個長尾蜜族的模型？你的公平指的是我明明不喜歡擁有這樣的身體特徵，但我卻不能用科技解決這個問題，我只能任憑這個東西毀掉我的精神？」

「毀掉精神？你早就在用記憶蟲了，留下尾巴不會多毀掉什麼。你已經毀掉夠多了。」

「我用記憶蟲還不是因為你們總在講我尾巴多重要我有多重要——你們知道這讓我多痛苦嗎？」

「那是因為你沒有和祖靈們合而為一，你只要和祖靈合而為一，就會知道自己是被愛的，你不管怎樣都是被愛的，而不會像現在這樣骯髒、扭曲、斷尾，長尾蜜族根本不可能接受你。」

「天——你用你們自己認為正確的規則，來說我違反了你們的規則所以有毛病，羞辱我、斥責我，讓我對自己質疑，再說只要我服從信任你們的規則，我就可以被拯救。你們到底有沒有發現，忘得窩宣布要肅清魔法，把擁有魔法的人類都抓起來，當時忘得窩就是這樣告訴他們的：之後他們就會沒有魔法，變回乾淨的人類——你沒發現你們說的話一模一樣嗎？難怪我會用記憶蟲。」

「你這是藉口！」

「我這怎麼會是藉口？」

「你要變成一個無聊的人類，切尾巴還不夠，你還要讓自己更無聊，用記憶蟲讓自己感覺不到任何東西——如果你留下尾巴，我們可以有個家庭，你知道我多想要有一個新家庭嗎？一個乾淨的，沒有什麼記憶蟲，沒有什麼忘得窩，沒有任何其他人，只有我和你，我們原本可以組成一個家庭。我們的生活原本可以有什麼意義的。但現在你——你——」

「切尾巴是一個很明確的需求——」

「切尾巴只是種慾望，不是你這個人究竟是什麼。你整個人，不是你切掉尾巴之後定義的，你就是有尾巴的人，你怎麼樣都有尾巴，你不會因為你切掉尾巴就變成其他人——你明明應該可以抵抗自己的慾望的。」

「我那不只是一種『慾望』——那是一種需求。那是對被認同的需求，對完整我自己的需求，那是要讓自己能夠接受自己，找到另外一個人，不再只能感覺我胸口的虛空。那是為了要感到我是活著的——我想要活著。」

「你說你想要活著——我看不出來你想要活著。」

「我活不活還需要你來判斷？」

「你用記憶蟲來堵住你靈魂的缺孔，不感覺任何東西，你說那叫做活著？你說你要活著，你要切尾巴了，之後呢？你就要像個一般忘得窩人類一樣，跟他們出去玩嗎？你根本不喜歡社交。你就只喜歡窩在忘得窩圖書館，把他們全部的書都看完，然後你就會感覺無聊。」

「就算我感覺無聊又怎樣？」

「你還有什麼東西可以切？你已經切完了！」

「所以還是要繞回來這裡——你為什麼不能就接受，我就是不想要有尾巴。你為什麼不能就接受我？有這麼難嗎？我就接受你了——」

「我？我？我有什麼——」

「你只想要活在你那個小小的世界，你對外面的世界一點興趣也沒有，因為你害怕自己不是最好的那個——什麼環保，什麼忘得窩資本主義霸占世界，什麼生物復育的道德問題，什麼人種歧視，我沒有說那都是假的，我說的是你拿那些當藉口，你根本不是想解決那些問題，你只是想活在你那個小小的角落可以一直喊那些標語來讓自己感覺好像很特別。」

「我沒——」

「但我接受了，我接受了你每次來忘得窩動物園當志工，看到觀光客的那種眼神，我接受你看到我望得錶上顯示是一般人類圖樣的表情，我接受了你在喝著班比幫你買來的飲料，抱怨怎麼到了現在忘得窩還在提供塑膠吸管。我接受了你總是要把自己講得好像是這個世界唯一的受害者——我都接受了，因為你是你，我都接受了。你為什麼不能接受我就是我？」

「接受是祖靈的決定。」

「天啊我沒辦法，我不——我為什麼要來跟你講這些？我到底為什麼要跟你講電話？你為什麼要打給我？你究竟是想怎樣？」

「我想要你停止這種荒唐的想法，回來長尾蜜後山，祖靈會原諒你的，我們都會原諒你。」

「我不需要你們的原諒——我們不能就……你不能來見我嗎？見面我們就會沒事了，不要這樣，我很想你。」

「我、我不……我不知道。你太累了。」

「對我很累了我們——」

「不，你讓我太累了。」

「什麼？」

「在你十八歲生日前，你和我寫信，說你要去忘得窩切尾巴，我不知道怎麼回應，只回了你再見——過了幾個月，你寄了一封好長好長的信，那一定用光了整本忘得信紙，不知道花掉你多少望得讚點數。你說，你不想在這裡了，你不想要繼續做任何事情，你想放棄。一切都太多了。沒有任何人能理解你。我也不理解你。我沒有和你一起離開長尾蜜後山，一起到忘得窩大學，沒有陪伴你度過這段最痛苦的時光——你記得嗎？」

「呃——」

「你說過，你不會再用記憶蟲了，但你那時候又開始用了吧？信裡面的你看起來很難過但又好清醒這樣反而更讓我想要靠近你，但就是一直有什麼地方，說不上來，就是不太對。你剛剛說那種明明什麼打獵時候什麼東西都在正確的位置但感覺就是有哪裡不太對的那種感覺，對——就是那種不太對。我想說你應該是又用了記憶蟲——你看起來好難過好難過，我一開始看到信，好想要馬上衝過去找你。」

「嗯……我——」

「你開始說為什麼周遭的環境讓你不舒服，忘得窩的分設通道，要求不同族群的人走不同的走道，通過不同的門，和你原本想的都不一樣。你馬上接著就開始說白長尾鯨的故事，牠們總是一對一終生不分離。你說你父親跟你說，第一對白長尾鯨，是長尾蜜族的情侶幻變成的，一個是生來帶尾的少年，一個是沒有尾巴的少年——那些故事我也從小就聽過，我剛開始看到信的時候，沒什麼特別感覺，只一直很想去找你，因為你前面的信看起來好難過。」

「夠了，我不想聽——」

「然後下一封信，你忽然開始說我為什麼讓你不舒服——接在那個白長尾鯨後面。你說我沒有回信。你說我為什麼都不回信，這樣對你不公平，你已經做了所有我要求的事情。你還對海怪的觸手道歉，你說你有回去動物園，也和海怪和解了，牠能明白是你一時情緒失控。你馬上又說，我為什麼還要這麼介意那一點點問題，如果要談切尾巴，我們可以討論，可以不用這麼極端，沒必要完全不與你聯繫，我這樣很殘忍。很多事情我們都可以討論。你說你不會再打擾我了，你只是希望我們不要話都沒有說清楚——

「我原本都放下信，想要離開長尾蜜後山去找你了，但你後面又寫了那封信。你說了，你說，你又開始用記憶蟲了，都是因為我。

「你說你不會做什麼，你很好，你完全沒事。你的字跡都已經亂掉了，你說你要去忘得窩動物園，你要去找海怪，你要去切掉海怪的觸手，再把全部的觸手都寄給我，因為你要我記得我跟你一起在動物園的時光。你說你要泡進池裡，如果被海怪吃掉了，那就是被吃掉了，反正也沒關係。你說我不用去找你，你不要我去找你。」

「我不是那個意——」

「你知道我看到那裡的時候，就放下信跑去動物園了嗎？我跑去動物園，發現那裡正在閉館，我從後門跳過去，差點把動物園後門踹壞，班比那時候在那邊打掃，已經閉館了所以只剩下她一個人，她幫我開門之後，我衝向海怪對牠吼叫，我問牠你在哪裡——你沒有來。你不在那裡。你已經好久沒有到動物園了。」

「我只是隨便說——」

「你知道那時候我在想什麼嗎？我在想，如果你真的死掉——你真的死掉，那就好了。那就太好了。你太多了。你讓我，太疲倦了——你需要我無時無刻關注你，你要我隨時照顧到你的需求，你要我不讓你難過，不讓你悲傷，不讓你有任何低落的情緒，因為你受不了。你沒辦法負擔那麼多情緒——所以你要用記憶蟲——你太多了。我沒有辦法，我沒有辦法繼續這樣下去。不要再找我了。」

「是你打給我的——是你還想要我。」

「為什麼那時候你沒真的就死了？」

「為什麼那時候你沒真的乾脆就死掉？」

16

我就不相信你不會有時候，想要成為別人。

在忘得窩，做自己，大概是我最討厭的概念，他們就寫在他們的醫療手冊裡面，什麼「做自己，你永遠不用擔心成為別人，移除尾巴手術讓你能夠真正成為自己，每個人都值得擁抱自己的黑暗」——在切除尾巴之後，我是減少了從前因為尾巴存在而產生的痛苦，但難道這樣，就真的是做自己了嗎？

我當然不可能問阿魯，阿魯只會大聲指著我的鼻子說什麼，像是，我想想他會怎麼說——他會說：「尋找自己做自己根本就是超級企業製造出來欺騙你繼續消費的騙局。究竟是要找什麼、要怎麼做？當你被整個世界說服你必須一直挖一直挖，找到那個在裡面的真正的自己，即使你早就知道你裡面根本什麼都沒有，你把石頭搬開下面只會是通往地獄的洞，而那個地獄通道就是你的人生。你整個人就是一座地獄，你是要尋找什麼？你是要成為什麼？如果你知道做自己根本就不夠，如果你的問題根本不是不知道自己是誰，而是你太清楚自己是誰，太明白自己想要什麼，你也知道你這輩子都不可能得到你想要的，而你根本沒有辦法喜歡那個想要那些東西的自己呢？」

也不能說我不認同他說的，但就算他說的都對，也無法回答我的疑問——我知道我不喜歡自己，我想成為別人，這是讓我痛苦的主因。照理來講，移除尾巴之後我會比較像是自己，但我還是感覺不到——為什麼我感覺不到我像自己？明明我已經把外表弄得像是那個我應該要成為的樣子了，為什麼我還是感覺我在掩藏什麼？

為什麼我的感覺不是我找到一個新的歸屬群體了，而是我好像就是一個嶄新、剛誕生就要絕種的物種？

這就是尼達亞看到他自己兄弟姊妹時的感受嗎？

我跟阿魯也不是第一次去那個洞穴了。

尼達亞誕生的洞穴，位置在長尾蜜後山整座山的底下，一個很奇異的洞穴。剛出生的尼達亞，獨自從海底這樣一路順著樹母的根游上岸。尼達亞帶我下去過幾趟，阿魯也去過一兩次，而那對阿魯而言的傷害比對我還要嚴重許多。那個洞穴只是讓我更有理由不認同長尾蜜族，但對阿魯來說應該可以說是信心毀滅的相遇。

一座祖靈們專門用來培育長尾後代的培養場，幾乎像是對所有生命的屠殺。

在尼達亞第一次帶我和阿魯下去那裡時，我們剛好看見其中一個被培育的小孩長出來。在巨大的樹上，無數的果實中，有顆果實掉到地上，滾了兩圈，指甲凸了出來，接著就是兩半被扯開，果實的皮一分開後，就流出濃密的香氣，我非常確定那跟阿皮司西邏納蜂蜜的氣味一模一樣。

尼達亞先是露出微笑，才剛向前兩步，阿魯忽然就跑到他前面，背對我們，雙手從他腰帶抽出兩把長尾蜜刀，將我和尼達亞擋在後頭。我探出頭去看，畢竟阿魯比我矮，真的不是什麼太困難的高度。

那個巨大果實正在扭動，裡頭的生物先是吸食著裡頭僅存的蜜，接著發出巨大的吼叫聲，他的尖叫甚至讓整棵樹都搖晃起來，掉了好幾顆果實下來。被晃下來的果實，沒多久也有指甲挖開皮肉，好幾個小生物就這樣從果實中爬了出來。阿魯還是擋在我前方，一副忘記我比他還高的樣子，尼達亞的眼神看起來很焦躁，我從沒看過他那種眼神。

最先爬出果實的那個小生物站了起來，看上去和人類嬰兒差不多大，但沒幾秒的時間，他就忽然長到大人的樣子，在我甚至來不及說出什麼話之前，就在我們面前老化，最後變成一團骨頭。有幾個小生物爬出果實時甚至外型不像一般人類的模樣，有翅膀的要飛上天，被有巨大爪子的抓住，互相撕咬，地上都灑滿了血；有長了像是魚尾巴的在岸上啪噠啪噠地移動到洞穴邊緣，跳下海裡，但海裡的隱形鯊早就等在那兒。

尼達亞想去幫忙，但阿魯把他的手抓得死緊，我看著阿魯疼痛的面容，顯然是尼達亞用力與他抗衡的力道讓他有些吃不消——我握住尼達亞和阿魯的手，將自己的手指擠到他們兩人的手之間，他們兩人同時鬆開了力道。我摸了摸尼達亞的頭，要他冷靜一些。

沒多久，那群誕生的小生物就幾乎都不見了，大多數都被彼此吃光了，海裡跳上來要吃他們的隱形鯊也有被他們攻擊而亡的，也有成功咬下他們的。

尼達亞掙脫了阿魯的束縛，往前面滿是血跡的區域走去，他看見有個只剩下一半身體，背上還有著破碎翅膀的生物，衝向前將他抱了起來。那個生物在他懷中顫抖了幾下——最後一聲尖叫，忽然像是重量變得很重一樣，沉在尼達亞懷中。

在豐年祭前獵殺深水尖嘴鳥，抱著逐漸斷氣的鳥之後，我才知道，原來死亡的重量是這樣的——阿魯說，那是因為動物全身的肌肉鬆掉了，整個身體沒有重心，抱起來就會特別重，好像他們想要在這世界留下什麼一樣。

尼達亞跪在洞穴的地板上抱著那殘破的生物——那是我第一次看到尼達亞哭。

我瞪著阿魯——我不懂他和尼達亞兩人這麼堅持要按照成年禮的步驟執行是怎麼回事，他們倆明明都知道上一次我們到那個洞穴發生的事情。但阿魯沒有給我任何反應。精確地說，是阿魯沒有給我任何原本他常常會給我的反應，像是翻我白眼、罵我幾句話，或者在我瞪著他的時候自己褲襠隆起。

我皺起眉頭，看著左側石縫中，數隻甲樂蜥棲息在裡頭。最前方的尼達亞先跳了下去，隨後是阿魯拉著我一起下海，再來則是班比。我們四人在結束了昨天的成年禮行前祭典後，現在要一同前往尼達亞的出生地，海底洞穴——那個洞穴在長尾蜜後山底下，要穿越海洋，一直向下游才能抵達。

長尾蜜後山最古老，也就是所有山林的樹母，那巨大的樹根，刺穿了海底部的土，底層盤根錯節，根本找不到樹母根系發生的源頭。在海底翻找的時候，我想到了我那殘破的記憶。記憶如果要長出來，想必也是像這樣，刺穿我的頭蓋骨，誰也翻找不出來哪一條記憶是先的，哪一條記憶造成了我的崩壞。一切都變成一團纏死的球。

順著樹母樹根在海底生長的方向，尼達亞游在前面，阿魯硬是要跟在我旁邊，而班比待在後頭，她被安排了守望的位置。班比手上還抓著方才攻擊我們的隱形鯊的心臟。握著隱形鯊的心臟，可以防止其他生物的攻擊。要不是我看得到被藏起來的東西，要班比小心警戒，班比才拿出刀提早反應，否則班比的頭可能已經被咬掉了。

真想不到我的尾巴能力還能在尼達亞的成年禮發揮作用。

我對阿魯擠眉弄眼，想要討關注，但阿魯沒有理我——不，他不是沒有理我，他摸了摸我的頭髮，雖然是在海中所以我的髮型已經根本等於沒有髮型。但他摸了摸我的頭，比了一個讚的手勢。不，這不是理我，這是在敷衍我。他為什麼要敷衍我？

我們游進了海底的更深層，在巨大的樹根之間，穿越樹母根系鑿出的通道，終於抵達了可以換氣的場合——那是人面蜘蛛的氣穴。原則上成年的人面蜘蛛平常白日棲息在岸上的山洞石壁間，但年幼的則多半棲息在海底的各種區域，只要是有一個固定的地方能夠讓牠們築氣泡巢，牠們就可以長期生活在海下。通常會獵捕海中生物到氣泡巢食用，但也有上岸獵食後帶回巢穴的紀錄。

我們四人將頭伸進人面蜘蛛在海底築出的氣泡巢，呼吸裡頭潮溼黏濁的空氣，還有幾隻人形的殘骸在裡面。我看著阿魯、班比和尼達亞，他們三人都心事重重——應該是這樣吧，我不太擅長解讀表情，但他們的反應在成年禮要開始後就很怪異。不，事實上是從成年禮行前祭典之前就開始了。阿魯看著我的眼神彷彿是在看什麼很哀傷的東西一樣，那時候我還以為他只是又在擔心我使用記憶蟲，雖然當時我確實在偷用沒錯。

但現在這樣看起來，那看著我的哀傷眼神，跟我根本沒有什麼太大的關係——否則他們三人都如此到底是怎麼回事？

阿魯是最先從氣泡巢游出去的，接著是尼達亞，我跟在他們後頭，再來則是班比。我們繼續順著樹母的根往更深的地方游去。

在轉了幾次彎之後，我們往下直游，又往上游了幾下，終於抵達海底洞穴。這個海底洞穴，是長尾蜜族用來製作「傳統嬰兒」的環境——已經很久沒有使用了，尼達亞也不是任何現在還存活的長老們的傑作。所謂「傳統嬰兒」，是在尼達亞第一次帶我來這裡，目睹的那場「小型屠殺」之後和我們解釋的。他說傳統嬰兒就是祖靈們預言了接下來有尾巴的後代將會銳減，因此製造出的育種樹，這些樹混合了整座長尾蜜後山生物的基因，他們將胚胎植入果實中，等待其生長，但過了十年、二十年、一百年，胚胎都沒有任何發展，卻也沒有死亡，於是這個洞穴久而久之就被遺忘了。

但尼達亞記得。尼達亞說，他記得每一件發生在他身上的事情。

他和我一樣，記得每一件事情。

我甚至連長尾蜜族有這個祕密都不知道，畢竟所有口述資料的年邁族民都沒有告訴我，我也沒在任何忘得窩的紀錄裡頭見過長尾蜜族能夠使用和忘得窩類似的方式讓生物誕生。

這個洞穴裡頭的那一棵樹，樹上已經只剩幾顆果實，散發著微微黃光，像是在閃爍一樣。尼達亞一爬上岸，就走向那棵樹，爬了上去，一顆接著一顆撫摸著果實，嘴裡似乎唸著「你是你我是我」。尼達亞還刻意發出聲音，聽起來實在有點不太像他試圖說出的話。後頭的班比在聽從我的指令，將手中的隱形心臟放到一旁角落後，問我為什麼尼達亞不用比的就好。

我深呼吸了一口氣，還沒從方才這麼長時間的游泳中恢復——我看著尼達亞一顆接著一顆的撫摸那些果實，重複用他那根本沒有生物能聽懂的粗糙聲音、幾乎是吼著說出那些話語，我伸手撥弄了自己的頭髮，告訴班比——

但阿魯搶了我的話，他告訴班比，因為那些生物都還沒有眼睛，看不見任何東西。

看著尼達亞在樹上那一顆接著一顆撫摸，嘶吼自己喉嚨來發出聲音，只想安撫那些小生物的畫面。

我握緊拳頭——為什麼我沒有把記憶蟲帶在身上？

震動傳來時，連洞穴外的海都在震盪——

尼達亞從樹上跳了下來，跑到我身旁，牽住我的手，他的態度過分冷靜，像是早就知道會發生這些事情一樣。但為什麼？阿魯則又站在我前方，像是要替我阻擋什麼危險一樣——這難道不是尼達亞的成年禮嗎？到底為什麼阿魯跟尼達亞都急著要保護我？我有需要被這樣保護嗎？

阿魯和尼達亞會一輩子都把我當成那個隨時都可能因為用記憶蟲，用到死掉的傢伙嗎？

我回過神來，震動緩緩結束，地板上滿是果實——班比的聲音從後方傳來，她要我們看那棵樹。

我從餘光看見班比露出很難過的神情。到底為什麼？

原本在洞穴佇立的巨大樹木，在所有果實都墜下來後，忽然開始枯萎了——緊實的樹幹逐漸枯軟，往內凹陷塌陷了些，沒多久整棵樹都彎下了身，像是跪倒在地上一樣，失去了生命力，碩大的枝幹萎縮時發出了清脆的聲響。

尼達亞走向前，沒有太意外的樣子——嚴格說起來，除了我之外，他們三人的表現都很冷靜。冷靜到太過頭了。

我回頭看向班比，班比一對到我的視線，就轉開頭。

我用力推了站在我前面的阿魯，阿魯回頭，沒有給我他習慣性好像我欠他多少錢的眼神，他現在的眼神像是有一座冰川正在溶解一樣。我指著他，又指了後頭的班比——我打算向前詢問尼達亞，但阿魯反身抱住了我，不讓我往前移動。

我試圖掙脫他，但阿魯的力氣比我大太多了。

我踩了阿魯的腳，把阿魯壓倒在地上，阿魯又翻過身壓到了我身上，我起身又被阿魯從背後扣住雙手。我大吼了聲，看到尼達亞轉過頭來。

尼達亞對我露出一個微笑，他還做了一個脫帽的動作，我完全不知道他是從哪裡學來那動作的——尼達亞的步伐輕盈，走到了已經枯萎的樹旁，蹲下身。

他摸摸地上的樹，已經枯萎失去生命力的樹就這樣閃了幾下光芒。光在尼達亞手移開後馬上褪去，像是蠟燭熄滅般。尼達亞站起身，先是左轉了轉身體，再右轉了轉身體，之後對我伸出右手拇指，向上舉起，在胸前重複彎曲了幾次右手拇指。

為什麼要跟我說謝謝？

我側過頭詢問阿魯，阿魯沉默——班比越過我們身旁，走向尼達亞。尼達亞從自己腰帶抽出了彎刀交給班比，班比接著在尼達亞手臂上劃了一刀，鮮血流出。班比用手指沾了尼達亞的血，抹在他的額頭和兩側臉頰。

尼達亞跪在那棵枯萎的大樹旁，他的尾巴繞著繞著，先是纏到樹幹的外圍，樹幹發出微弱的亮光。他的尾巴前後摩擦了幾下後，忽然尾端的尖刺插進樹幹內，枯萎的樹枝隨著尾巴的動作也開始像蛇一樣纏繞上來，很快就包覆住尼達亞的尾巴。

樹幹一開始只有微弱的光芒，閃爍幾下又熄滅——如今閃爍的速度愈來愈快，光的亮度也愈來愈亮，幾乎到了刺眼的程度。尼達亞跪著維持不動的姿勢，班比在一旁不知道唸什麼東西我已經聽不到了，我聽到的全是蜜蜂振翅的噪音。阿魯從後頭將我抱住，我用力想掙脫他的手臂，指甲掐進阿魯的皮肉，我可以看到阿魯的手臂都流血了。

尼達亞的臉浮出血管的痕跡，血管也閃著光亮，一下又一下，他閉上眼睛，一副快要昏過去的樣子。他的皮膚開始變得蒼白，血管的痕跡蔓延全身，整隻手臂像是裡頭爬滿了樹枝，一閃一閃著光亮。

那棵樹幹開始從伏地的姿態重新緩慢站起來，隨著尼達亞身上的光亮閃爍愈來愈快速，他的腳踝上也已經蔓延那些樹枝般的血管，每一顆原本滾落在地上的果實，也同步閃爍光芒——我用力睜著雙眼，抵抗愈來愈刺眼的光亮，我現在才知道尼達亞的成年禮是要做些什麼，我幾乎要因為這個想法喘不過氣，我終於推開身後的阿魯。

尼達亞單手撐著地板，他幾乎要倒了下去。

我不知道要做什麼——我只知道我不能讓這件事情發生。

我回過頭，伸出手拉起倒在地上的阿魯。我都已經準備好要和他繼續爭鬥，我確定他會抓上來，我甚至手握住刀柄以備不時之需。但阿魯看著我，就這樣盯著我，一動也不動。我說了句「抱歉」——阿魯原本皺起的眉頭逐漸舒展開來，嘆了氣，伸手將自己散亂的頭髮全往後撥，點點頭，聳了下肩，甩了甩自己的雙手，說著，來砍樹啦。

我和阿魯一同衝向尼達亞，我抽出了腰帶上尼達亞給我的刀，阿魯將自己的刀柄扣上手腕——我才剛要往樹幹砍下，看到尼達亞的表情，我的動作就停住了。

阿魯看向我，舉刀的動作也停住。他皺起眉頭，詢問我怎麼了。

我看著尼達亞那被樹枝包覆住的尾巴，那些枝幹愈來愈多，甚至可以說是茂盛的程度，幾乎就要把尼達亞整條尾巴像蠶食般全都吞沒。我用手指摸了下樹枝的表皮，樹枝一樣閃爍著光亮。我把阿魯的手也拉過來，放到樹幹上，阿魯喊了聲燙，但樹枝在他的接觸下，也一樣閃爍了光亮。

尼達亞想要拯救這一棵奇怪的樹——這是他的願望。

我跪到地板上，抬起頭看著班比，班比停止唸咒，也看向我。我遞出手中的直刀給班比，班比接過刀，劃過我的手臂，我看著自己的手臂湧出鮮血，忽然有種這個身體好像不是我自己的感覺。班比接著也拿起阿魯遞給她的刀，劃開阿魯的手臂，將血液沾到他的額頭和兩頰。

我和阿魯同時將手伸到尼達亞被樹枝包覆住的尾巴處，樹枝愈長愈長，愈長愈長，勾上了我們的手臂。粗糙的樹皮摩擦緊壓著我，剛被劃傷的傷口疼痛不已。我聽到阿魯悶哼的聲音，想必那些爬上我們身體的樹枝同時都在大力收緊。那些樹枝愈來愈多，愈來愈快速地纏繞上來，閃爍著光芒——我們會不會變成這棵樹啊？

那光愈來愈刺眼。

如果我這爛命一條，可以讓尼達亞找到自己的同類，那就好了。

我什麼都看不見了。

17

為什麼他們都不告訴我那些事情？

我真有這麼脆弱，讓他們在我面前走路都像是踩在結冰的湖面上嗎？只有我一個，不知道尼達亞原先的成年禮計畫是犧牲自己，把自己的生命力全部傳輸給那棵已經失去能源的樹，好在以機率根本不高的情況下，誕生出一個和尼達亞相似，或者比尼達亞稍微「正常」一些些的長尾蜜族後代——好吧，他們不和我說，是情有可原，但為什麼？

我真有這麼脆弱？讓他們這麼擔心我只要知道了，就會怎樣。我難道會又開始用記憶蟲嗎？就算用記憶蟲又怎樣？還是他們擔心我會做出什麼毀滅他們計畫的事情？他們難道不知道，脆弱的人，會因為別人更小心翼翼待他，而更加脆弱嗎？

還是我有這麼自私，只在乎我自己？只在乎我的想法，只在乎我對長尾蜜族傳統的抗拒，而不在乎我的重要朋友——天啊，這是第一次我喊出來，朋友。果然我應該要用記憶蟲的，我過幾天就會開始後悔這件事情了。我有這麼只在乎我自己嗎？

是不是總是這樣？我們想保護在乎的人，所以把自己隱藏起來，不讓對方看到。我藏尾巴、我藏移除尾巴後我仍然擁有尾巴的能力、我藏我對阿魯的感情、對尼達亞的情愫，我把所有情緒都藏到記憶蟲裡——我是想要追求完全感覺不到任何東西嗎？那為什麼現在我眼眶會這樣彷彿又有太陽鑽進去了。

我們為什麼會想從所愛之人面前掩藏最重要的東西？愛——親密感，難道不是赤裸嗎？為什麼在我們愛的同時，卻又無法擺脫自身的羞恥，害怕對方看見我們自己所不喜歡自己的部分，而感覺地獄，而馬上逃跑。難道這些情感，原本就沒有一定的執行方法，我們都只能先嘗試過，錯了，再重新嘗試，直到找到適合的方法嗎？

但我要怎麼跟他們說——我不知道我自己是誰了。

明明曾經我是那麼確定自己是誰。

現在我是誰？我的尾巴，我，長尾蜜族，忘得窩的生活，那麼需要記憶蟲的我——我是誰？

成年禮結束的慶祝祭典上，尼達亞上身赤裸，下身穿了深水尖嘴鳥皮毛製作的羽毛裙，在長老舉起火把前來，遞給尼達亞之前，我都還在替尼達亞整理那羽毛裙——阿魯有試圖幫忙，但他的審美畢竟有點問題，沒多久我便呼喚班比，要她把阿魯拉走不要打擾我們。雖然班比在祭典上有巫師的職責，她穿著那個長袍我怎麼看都覺得彆扭，但她還是把阿魯給拉走了。

在阿魯要被班比帶走之前，尼達亞忽然走向他，捧住他的臉，吻了他的唇。阿魯先是咳了幾聲，又露出一個奇怪的微笑。

我笑著看他被班比拉開，對他揮了揮手。

這是阿魯在我回到長尾蜜後山後，第一次也對我那樣揮手——像是在說，夥伴，我們等等再見，的那種揮手。

我真應該帶記憶蟲來的——為什麼我還沒有用記憶蟲？

尼達亞回到我面前，我從自己的短褲內襯抽出羽毛，黏上他的羽毛裙上的幾個小缺口。我看了他的裝扮——講真的，族內一堆傢伙巴不得他什麼都不穿就參加慶祝祭典，我也搞不懂自己為什麼在這邊替他補東補西的。

祭典場合早已準備好，兩列人潮都已經塞滿了那一條長長的道路，聲音吵雜，大家都在說話。我看到捕蜂人站在人群中，他周遭的蜜蜂變得更少了，但還是圍繞著他的身體和頭部，沒能看清楚他究竟長什麼樣子。我轉回頭，看向尼達亞。

尼達亞笑起來，捧住我的臉，吻了我。

我爬上祭典不遠處的一棵長尾蜜樹上，一眼望去可以看到整個慶典場景。

每一位長尾蜜族的成年禮都是私密的，雖然還是有些許流傳紀錄，但實際發生的事情都只有參與者才知道。我有過好一陣子不停翻找長尾蜜族的文獻，希望從那些口述紀錄中找到什麼成年禮的確實紀錄，但詢問每一個參與者，問到的答案都是不同的。有些人說自己參與了人體獻祭，有些人說自己什麼都沒做，有些人說自己去了另一個時空，有些人說他的成年禮是在山頂種樹。

回到部落後，沒有族人詢問我們經歷了什麼，大家只有擁抱我們。

會不會有時候是問題錯了？

我坐在樹枝枝幹，晃著腿，從高處看著尼達亞右手舉著火把。尼達亞的身上抹了油，火光照在他身上，讓他整個人像在發光一般。我下意識摸了摸自己的手臂，沒有任何疼痛感，上頭的傷口已經結痂了，但留下一道很深的痕跡，彷彿我的手臂上刺了一棵樹，而樹枝四散開來。

我抓了幾下——一開始只是稍微輕抓，一下，兩下，三下，接著用力摳起來，我感覺到指甲陷入皮膚的感覺，再用力一些就可以摳下那層皮了。我不知道怎麼回事，停不下抓皮膚的動作。

忽然我的手被抓住，我抬起頭——阿魯爬到了我身旁，坐在樹幹上，他握緊我的手腕。

我繼續低下頭看向祭典。大家列成兩排，中央是正緩慢走著的尼達亞，族人在他經過的路途灑上鮮花。尼達亞看起來好快樂。他很快樂嗎？我們一起讓那棵樹活了回來。

「你們原本就知道了？」我看著底下正舉著火把的尼達亞，沒有看向阿魯。

阿魯嗯了聲，往另一端坐過去，讓樹幹不至於被我們兩人坐斷。

我側過頭看向他——原本想追問原因，但看到他的時候，我的疑問就消失了。尼達亞行經的路，都有圍觀的族人跪下放置花草到路上。尼達亞的身後已經全是花海，蔓延整條路，彷彿他每走一步，後頭就開出一片花草一樣。我看著那畫面，我知道那是習俗。在阿魯身邊，我試著想忍住笑意——咳嗽了幾聲後，還是忍不住笑了出來。

阿魯盯著我，我指了底下的花海。阿魯一開始皺起眉頭，但過幾秒後，笑了一兩聲——我們兩人就這樣笑了起來。

笑到幾乎喘不過氣——我閉上眼睛，試著冷靜下來。

「你怪我嗎？」阿魯咳了幾聲，深呼吸了幾次，忽然問道。

我張開眼睛，看著他，皺起眉頭，「啊？」

阿魯輕笑了聲，伸出右手，從自己右邊太陽穴，往下劃到下巴——那是記憶蟲的意思。

我搖了搖頭——嘆了氣，將視線轉回祭典上，看著花海逐漸蔓延。我又點了點頭。

「一開始的時候吧——但我想那是我自己的問題。」

阿魯沒有回話，我用力盯著底下的花海，不想讓自己多呼吸太多。沒有記憶蟲，我現在感覺到的情緒已經太多了，我現在稍微動一下，都覺得自己會整個人碎掉。

我是責備過阿魯，他在我最需要他的時候離開我，如果他真的愛我，他不應該這麼做——但如果當時他沒有離開我，如果他咬牙撐著陪我，我在想如果不是我把他殺掉，就是他會把我殺掉。

如果真要說有什麼「難過」的情緒的話，我確定是因為我現在，好像比較好一點了。他的離開讓我有機會變好。但這不才是讓人痛苦的地方嗎？我們不是因為對方在身邊而變好，而是因為對方不在身邊而變好——難道我們一開始的相遇，就只是為了分開嗎？

阿魯讓我有一段時間，那麼希望能夠清醒，想成為一個更好的人，讓我以為他是蜂蜜，能把我所有靈魂的孔隙都補好——但那是不可能的，完整是假象，我不可能靠他來讓我完整。我把我的清醒，綁在阿魯在不在我身邊這件事情上，一開始就是錯了。

當低潮來了，一開始，你還想抵抗，你想試圖找到那些讓你快樂的事情，但你的大腦不斷吃掉那些快樂的記憶，而最終你就只會想著，你的生活不可能更好了，你只剩下那些惡夢。你沒有其他的選擇，只能想辦法刪掉惡夢——只不過是會跟著其他美好的事情一起被刪掉。

我在阿魯的身上找尋我沒有的東西，因為我一直都是空的，我沒有看到阿魯，我看到的是那個我缺乏的東西。阿魯擁有那些我好想擁有的，他相信傳統，他相信有一個什麼更重要的東西在這世界上，他相信自己在這個世界上是有意義的，他想奮鬥，他想捍衛他在乎的東西——他相信生活。他相信他的生活。

阿魯看到我——大概也是只看到他以為自己沒有的東西。我的尾巴，我那象徵了他最重要的傳統。

但我現在這樣，就算是相信生活了嗎？我喜歡我的生活了嗎？

我想著想著，忽然又笑了出來——阿魯看著我，一副嚇到的樣子，他稍微往我這裡移動了一下，樹幹搖晃了起來。他小心翼翼地靠近我。

我笑著看他，「你那時候沒有離開我的話，不是你殺死我，就是我把你殺死吧。」

阿魯愣了幾秒，搖了搖頭，又點了頭，露出一個奇怪的笑容。

我移動了位置，往他靠近了些，我們現在只距離一個手掌左右。

尼達亞已經快要走到路的盡頭——盡頭是一座用長尾蜜樹樹幹堆成的小丘，上頭放了在成年禮行前祭典時，尼達亞砍下的巨蛇的頭。班比就站在那旁邊，穿著巫師的長袍，頭上戴著她一定心裡怨念很深的髮帶，那髮帶上頭有長尾蜜蛇的刺繡，她總是說這髮帶尺寸太小，但因為是從很久以前傳承到現在的巫師髮帶，她不能不戴。以前我總是搞不懂這個說法——什麼叫做，不能不？現在我也不知道我究竟是不是比較懂了。那意思是她願意相信。

巨蛇頭顱的眼珠被挖空後，塞了許多花草。我吞了吞口水，想到那時候吞下眼珠時，體內漾起的熱度。我盯著那巨蛇被花草取代了的眼窩，深深呼吸了一口氣。

阿魯又靠近了，我望著底下尼達亞的動作。尼達亞將火把指向巨蛇，火焰從眼窩開始蔓延，零星火花從底下的木材竄起。過了一會兒，巨蛇的頭被火焰吞噬，火光搖曳，整個天空都像是染了紅色的血，熱氣也忽然間蔓延開來。底下參與祭典的大家開始歡呼，跳起舞來，大家都在大吼大叫。

我用力盯著底下的一切，讓自己不會忍不住轉頭。我不想看阿魯，我覺得此刻最好的方式就是什麼都不要動，就停在原地，什麼都不要有改變。只要不要動，不要看，不要說任何一句話，甚至不要呼吸，不要面對任何接下來的問題，就不會有任何情緒發生。我不想要讓那些情緒發生。

我深深地吸了一口氣握緊拳頭看著底下大家跳起舞來尼達亞和班比擁抱而長老遞給班比一個王冠，我已經開始數起上頭的紋路以防我想轉頭但那個王冠上面沒有任何紋路我應該怎麼辦比較好我不知道要怎麼辦你可以教我嗎告訴我我應該怎麼辦。

阿魯靠近我。

一手搭上我的肩膀，他的唇吻上我的臉頰，一下，我閉上眼睛。兩下——我張開眼睛，撇開頭，身體向後，看著阿魯。我又一次深深呼吸，他靠我太近了，我甚至可以聞到他身上淡淡的汗味。

我搖了搖頭，阿魯的眼神看起來閃過幾秒鐘意外，但他聳了肩，沒有多做什麼反應。他轉過頭看向底下的祭典。

我盯著阿魯，伸出右手，放到他的後腦杓，將他的身體往我這拉來。我要他看著我，我緊盯著他的雙眼，他的眼睛裡面有海，我不想讓自己在裡頭沉沒。

我深呼吸，向前吻了他。

忽然聽到樹幹斷裂的聲音，我和阿魯同時張開眼睛，還來不及往其他地方移動，就從半空往下墜落，直接掉到正在火燒巨蛇的前端不遠處。

我和阿魯趴在地上，過了幾秒鐘在大家的尖叫聲中爬起，尼達亞正站在前方，班比盯著我們，手中捧著那個王冠。

成年禮的慶祝儀式，習俗是結束時，參與成年禮者，會被上一任參與成年禮者，戴上王冠。

這王冠是以泥作製成，土黃色的王冠上頭插了三根長長的深水尖嘴鳥的羽毛。在傳說中，深水尖嘴鳥專門叫喚死去的長尾蜜族族人醒來，以祖靈的身分繼續活在這片領土，守護後代。而在王冠的中央有一顆凹陷的洞，可以放上那一屆成年禮者自己最重要的飾品。

尼達亞原本頭已經低下要戴上王冠，但他看到我，就跑到我身邊，把我拉了過去。我回頭皺眉看向阿魯，就看到阿魯和尼達亞快速比著手勢，尼達亞的手指伸到頭頂繞了幾圈，阿魯點了點頭。

尼達亞把我拉到巨蛇燃燒的臺前，我背後的火焰讓我全身都好躁熱。我看著那些族人，才發現我好像從沒有真正看過他們。

我好像從來沒有仔細去看過大家穿什麼，臉上的刺青，每一個人的樣貌。我好像從來沒有真正意識到，我也是生活在這裡。

我對尼達亞伸出右手，攤開五指，他沒有理會我的疑問，只是從班比手中取過泥作的王冠。我瞪了班比一眼，班比咬著脣試圖維持嚴肅的表情，但根本沒有用，搞不懂她在那邊笑什麼意思。

尼達亞從王冠中央取下他先放置上的飾品。那是一個粗糙褐色的圓塊，是他出生的果實外殼。他將那果實外殼放入自己的腰帶間，把王冠遞到我面前。

我瞪大雙眼看著他，搖搖頭——尼達亞點頭，笑了起來。

阿魯也在尼達亞身後笑起來，我忽然好痛恨他們，好想要把他們的頭都砍下來——不對，後面有火正在燒，乾脆把他們推進火坑裡面。

我悶哼了聲，嘆了氣，看著每一個人。

我低下頭尋找可以放進那王冠凹洞的東西——我伸手摸了摸自己那一截尾巴，抬起頭瞪了阿魯和尼達亞一眼後，咬牙扯下上頭邊緣的鱗片。

鱗片的大小比那個洞還大了些，應該是放不上去的，就像我十六歲時偷偷放了尺寸剛好的鱗片後，卻掉了下來那樣。但這次，我把這稍微大了一點的鱗片放置到王冠的洞前時，鱗片卻緊緊吸附在上頭。

我低著頭，瞪大雙眼看著阿魯，讓尼達亞替我戴上王冠。

尾巴

結束成年禮後的五十一天，我都沒有使用記憶蟲。

第五十二天早上，我一個人偷偷跑進忘得窩動物園。

不得不說，隱形的能力有時候還是滿實用的。

我跑進海怪的水池，那深不可見底的海——我才剛到，海怪就浮出水面，無數的眼睛同時張開，盯著我瞧。牠的眼珠轉來轉去，離岸離得很遠，顯然對我先前的行為很不滿。那些被切下來的觸手都長回來了，看起來很新，有著淡淡的色差，比原先的膚色更粉了些。

大多數的時候海怪都會隱藏起自己，但只要是園區開放時間，海怪就需要現身，否則牠就會受到懲罰——我始終不知道忘得窩是做了什麼，但那項懲罰顯然很有效果，海怪即使再不願意，也會準時現形。這大概也是平常牠會對動物園的員工這麼易怒的緣故。

我對牠揮了揮手，海怪緩緩靠近，但還是沒有靠得太近，就停在如果我現在揮刀，牠每一條觸手都可以避開的距離。

我笑了起來，告訴牠沒有關係。又指了指園區的後門，那門有電流，二十四小時都是通電的，不會影響一般人類，只會對園區內的動物起反應。我拿出收在腰帶內，用人面蜘蛛的殼製作的小瓶子，搖晃了幾下。再走到後門旁的電流通路位置，打開瓶蓋，倒下人面蜘蛛的黏液。沒幾秒的時間，整座園區的燈光閃爍了幾下，巨大的警報聲響響起，園區內所有的門都自動打開了，包括距離海怪池這裡最近的那道門。

我指了指門，看著海怪——詢問海怪要不要離開。捕蜂人又出現了，但這一次我什麼蜜蜂的聲音都沒有聽見。我不去看捕蜂人。我看著海怪，原本我以為海怪會馬上衝出水面逃走，但海怪只是伸出觸手，摸了摸我的臉頰。牠輕輕打了我的臉頰一下後，用觸手在我面前晃了幾下。

我看著牠——牠沒有打算離開。

回到長尾蜜後山，爬上尼達亞的小樹屋。

裡頭有人走動的聲響，還有機器運作的聲音，當然還有一些生物的叫聲——我爬進屋內，看到阿魯和尼達亞正在比手畫腳，我不是很確定他們在說什麼。

他們注意到我，兩人都走過來，阿魯詢問我五十二天了，沒有用記憶蟲的感覺怎樣，尼達亞則是直接用力抱緊了我。我僵在原地，一時之間不知道要怎麼反應，雙手僵在尼達亞後頭——最後我拍了拍他的背。

我不知道會維持多久，但我到現在都還沒有復發，大概算是好事？

阿魯把我拉到一旁，和我解釋他們剛剛在做些什麼。我看到木桌上擺了一本翻開到第一頁的書，頁面是空白的。阿魯翻了幾頁，告訴我他們打算開始記錄長尾蜜後山所有動植物，他們想盡可能把那些已經快要不見的東西保留起來。

尼達亞拉著我，指著不知道什麼時候又多出來的小玻璃窗，他指著裡面的東西，看起來是一種苔蘚，但我從沒見過，他跟我比手畫腳裡頭的東西是什麼——我不是很確定有語言能形容那些東西。尼達亞和阿魯又開始比手畫腳起來，我看著他們的動作，忽然意識到，他們正在試圖命名那些還沒有被命名過的東西。他們在語言的外頭，他們在對話。

他們在和我解釋他們的世界，我喜歡他們這樣。

我喜歡他們比我還努力弄清楚這世界的模樣，我喜歡這個生活。

後記：你現在就可以快樂

從二〇一七開始的顏色小說，希望透過這幾本小說，建構一個屬於我的酷兒顏色世界觀，如今已經到了第四本了。這一本書，是三個角色談戀愛的故事——如果你想要這樣解讀的話。

《我不喜歡我的黃色尾巴》是以第一人稱撰寫的酷兒青少年成長小說，書寫主角溫拿在離家多年後，回到家鄉長尾蜜後山，認識了一個不會說話、長有尾巴的少年尼達亞，以及重新與自己的初戀對象阿魯「相識」。在這個過程中，他對自己成長的長尾蜜後山、原生住民文化產生了新的認同。溫拿要如何正視自己的身分創傷，與自己的記憶和解，找到合理且不那麼疼痛的姿勢，和尼達亞以及阿魯，三人相擁？

這個故事裡，有幾個命題。其一，切除尾巴後的溫拿，就是「沒有尾巴的原生住民」了嗎？更甚，他是否就可以成為忘得窩的一般居民？若一般居民無法直接從外觀分辨他的身分？其二，他與阿魯的相戀，是在他切除尾巴之前，那現在回到長尾蜜後山的他，這個沒有尾巴的他，還是和阿魯相戀的那個他嗎？其三，就算切除尾巴，難道就解決了他生活上一切苦難？他的苦難，會是因為尾巴嗎？如果留有尾巴，活在長尾蜜族長年下的文化框架中，他是不是會比較幸福？其四，一個人之所以是一個人，究竟是因為什麼？什麼是構成一個人存在的必要元素？

這兩年我不斷思考「分類」的問題，可以用一種動物來比喻。鴨嘴獸。鴨嘴獸有像是海狸的身體，嘴巴像是鴨子。鴨嘴獸是溫血動物，有乳腺，也有毛髮，應該是要胎生才「對」，但牠卻會下蛋。同時，鴨嘴獸也有像是爬蟲類、鳥類都有的洩殖腔（用同一個地方排泄跟生殖）——最後，鴨嘴獸還是被歸類在哺乳類底下，原因很簡單，因為動物學家們決定要這樣分類。

很常被提及的忒修斯之船論題，或許可以幫助大家思考。當一艘船不斷更換木材，究竟要更換到什麼程度，那艘船才不再是原本那艘船？究竟一個生物，需要擁有多少那個生物的特徵，才能被稱之為那種生物？而若，我們更改了一些部分——替換了器官，皮肉，頭髮，究竟要替換到什麼狀態，「我」才不再是「我」？

並非要從此消滅所有定義與分類，而是我始終質疑，每一個強調那條線在哪裡的人，究竟是否真正理解過分類的建構，主要仍然是出於人工的決斷，有沒有思考過其他可能性？異性戀單一價值本位傾向的思考，很容易將單一、固定的分類視為基礎且不可變動的設定。異性戀，男生愛女生，藍色粉紅色，陽性陰性。我希望我的小說可以呈現出不同於那些面向的樣態，某種，今年開始我會想說，某種酷兒樣態。

書寫這本小說的三人角色互動時，我不斷想到一個畫面，或許就以此作為後記結尾。溫拿在替阿魯和尼達亞煮飯，尼達亞一直盯著桌子，指著桌子裡頭放在玻璃箱中的一種新發現的蜜蜂，阿魯和尼達亞認真用手勢討論這個發現有多重要。溫拿煮好了飯，移開了玻璃箱，將食物放到桌上，摸了摸他們兩個人的頭，要他們快點吃飯。

對溫拿來說，停止使用記憶蟲，恢復記憶，是非常痛苦的，當然是不可能一修復後就萬事無恙。在痊癒的過程，我們很容易給自己預設一個狀況，必須無時無刻快樂，如果不這樣，就是失敗了。但痊癒並不是這樣。痊癒並非不再受到創傷影響，不受回憶所苦。痊癒是你現在知道你想起了一些難堪的回憶，你可以難過；你遇到一些有趣的事情，你可以快樂。痊癒是就算你現在很難過，你也知道難過不是你的全部。你知道難過，就是生活的一部分。你知道生活不會只是傷痛。

我喜歡想像他們一起吃飯的樣子——我喜歡想像他們一起生活的樣子。

是以為記二〇二三／三／九

國家圖書館出版品預行編目資料

我不喜歡我的黃色尾巴 / 潘柏霖作 . -- 1 版 . -- [臺北市]：城邦文化事業股份有限公司尖端出版：英屬蓋曼群島商家庭傳媒股份有限公司城邦分公司發行，2023.04
面； 公分
ISBN 978-626-356-413-8（平裝）

863.59　112001881

嬉文化
我不喜歡我的黃色尾巴

著　者／潘柏霖
執　行　長／陳君平
封面繪圖／YAYA
國際版權／黃令歡、梁名儀
榮譽發行人／黃鎮隆
美術總監／沙雲佩
企劃宣傳／陳品萱
協　理／洪琇菁
美術編輯／李政儀
文字校對／施亞蒨
總　編　輯／呂尚燁
資深主編／劉銘廷
內文排版／謝青秀

出　版／城邦文化事業股份有限公司 尖端出版
台北市中山區民生東路二段一四一號十樓
電話：（○二）二五○○—七六○○
傳真：（○二）二五○○—二六八三
E-mail：7novels@mail2.spp.com.tw

發　行／英屬蓋曼群島商家庭傳媒股份有限公司城邦分公司 尖端出版
台北市中山區民生東路二段一四一號十樓
電話：（○二）二五○○—七六○○（代表號）
傳真：（○二）二五○○—一九七九

中彰投以北經銷／楨彥有限公司（含宜花東）
電話：（○二）八九一九—三三六九
傳真：（○二）八九一四—五五二四

雲嘉以南／智豐圖書有限公司
（嘉義公司）電話：（○五）二三三—三八五二
傳真：（○五）二三三—三八六三
（高雄公司）電話：（○七）三七三—○○七九
傳真：（○七）三七三—○○八七

香港經銷／城邦（香港）出版集團有限公司
香港灣仔駱克道一九三號東超商業中心一樓
電話：（八五二）二五○八—六二三一
傳真：（八五二）二五七八—九三三七
E-mail：hkcite@biznetvigator.com

新馬經銷／城邦（馬新）出版集團 Cite（M）Sdn. Bhd.
E-mail：cite@cite.com.my

法律顧問／王子文律師　元禾法律事務所
台北市羅斯福路三段三十七號十五樓

二○二三年四月一版一刷
二○二三年五月一版二刷

■中文版■

郵購注意事項：
1.填妥劃撥單資料：帳號：50003021戶名：英屬蓋曼群島商家庭傳媒(股)公司城邦分公司。2.通信欄內註明訂購書名與冊數。3.劃撥金額低於500元，請加附掛號郵資50元。如劃撥日起 10～14日，仍未收到書時，請洽劃撥組。劃撥專線TEL：(03)312-4212 ・ FAX：(03)322-4621。E-mail：marketing@spp.com.tw